从狄更斯到劳伦斯的英国小说

[英]

雷蒙德·威廉斯

-著-

温 华

-译-

上海人民出版社

本书是"从狄更斯到劳伦斯的小说"系列讲座课程的记录，过去的七年里，我一直在剑桥大学英语系教授这门课。不同时间段共有十一个讲座，以不同的组合方式进行，我把它们集中在了一起。文本以逐字记录稿和一些可用的讲稿抄本为基础。

R. W. 1969

目录

引言   001

1 查尔斯·狄更斯   024

2 夏洛蒂·勃朗特与艾米莉·勃朗特   070

3 乔治·艾略特   091

4 托马斯·哈代   117

5 分道扬镳   150

6 约瑟夫·康拉德   180

7 独自在城市   203

8 D.H. 劳伦斯   224

结语   245

引　言

　　1847 年到 1848 年的那二十个月里，（英国）先后出版了以下这些小说：《董贝父子》《呼啸山庄》《名利场》《简·爱》《玛丽·巴顿》《坦克雷德》①《城镇与乡村》《怀尔德费尔府的房客》②。我一直在思考——

　　那个时候英国发生了什么？这当然不是短短几个月内的突变。但回顾过去，我们可以看出，那二十个月是决定性的。在此之前，英语小说已经取得了重大成就，我们有笛福和菲尔丁，理查逊，简·奥斯丁和沃尔特·司各特。但在 19 世纪 40 年代，英国小说又拥有了新的重要一代。在接下来的八十年里，小说成了英国文学的主要形式。这种状况前所未有。这几个月似乎首先标志着一种新的意识，我们得学会看清它是什么，学会以某种方式将它与形塑它的那个前所未见的全新文明相联系。

　　社会的变革已经酝酿了很久：工业革命，民主斗争，都市

---

① *Tancred*，英国小说家迪斯累利（Benjamin Disraeli，1804—1881）于 1847 年出版的小说。——译者注（以下未经特别说明，均为译者注）

② *The Tenant of Wildfell Hall*，安妮·勃朗特于 1848 年出版的小说，又译《女房客》。

和城镇的发展。但这些事物在 19 世纪 40 年代也达到了影响意识的临界点，意识又转而发挥着决定性的作用。从狄更斯的第一部小说到彻底创新的《董贝父子》，这十二年也是宪章运动面临危机的岁月。世界历史上第一个工业文明已经进入一个决定性的关键阶段。到 19 世纪 40 年代末，英国人是人类社会漫长历史上第一批以城市人口为主的人。从音乐厅和周日通俗报纸到公园、博物馆和图书馆，这类城市文化机构全都在这些年里迅速建立起来。关于公共卫生和工厂工作时间的重要立法出现。一项关于自由贸易和谷物法废除的重大经济决定，已经开始政治上的长期调整。当然，在那些年的斗争和动荡中，未来如何还不为人所知。但是重大议题和激进决定带来的危机感，既尖锐又普遍。因此，就在这十年当中，一种特别的文学——已经广为人知并被广泛阅读，却还未受到高度重视——开始表现新生活，一种至关重要而又切实相关的新生活，也就不足为奇了。在这些文学作品中，新一代作家以截然不同的方式，找到了重要的共同形式，以回应一种全新的、多样的但仍然是共同的经验。

当然，小说这种新的重要性有其直接和间接的原因。各种各样的读物都在增加。19 世纪 20 年代到 60 年代之间，每年的新书从 580 部上涨到 2600 部，其中大多数是小说。新装订法和印刷术使书价下降。上述小说出版的这个时期，还出现了新的廉价系列丛书:"客厅文库"与"铁路文库"①，倡导者当然不是新一代作家，而是其他人:利顿②、马里亚特③、G.P.R.詹姆斯④。报纸和杂志的阅读量也在迅速增加，虽然主要的增长期还在二十年之后。无论从哪个方面看，阅读者仍然是少数，阅读书籍的人尤其如此。但是，新家庭杂志上的连载小说大大增加了小说读者的数量。直接的市场因素以更为迫切和明显的方式影响着作家。

但归根结底，这不是简单的供需问题。几位最优秀的新生代作家都睁大双眼投入了这个市场，狄更斯一马当先。但是，决定小说里写了什么与应该写些什么还有许多其他根源。社会的危机和阅读的增长内在相关。随着传统的方式走向瓦解或式微，越来越多的人感到需要这类知识和经验。但除此之外，我们从小说本身就能最清楚不过地看到，新的压力和干扰并不是新形式从中产生的简单模子。从事写作的男男女女们——有些处于舆论形成和

① 1847 年英国出版商推出的廉价丛书，采用独特的绿色或黄色封面，每册售价 1 先令。

② 布威-利顿（Edward Bulwer-Lytton，1803—1873），英国政治家、诗人、小说家和文学批评家，创作了一系列历史小说，代表作有《庞贝城的末日》和《撒克逊末代国王哈罗德》。

③ 弗雷德里克·马里亚特（Frederick Marryat，1792—1848），英国皇家海军上校，皇家科学院成员，狄更斯的朋友，航海类型小说的创立人，代表作有《新森林的孩子们》。利顿和马里亚特都在 19 世纪 30 年代创办了供普通读者阅读的家庭杂志。

④ G.P.R.詹姆斯（George Payne Rainsford James，1799—1860），英国小说家和历史作家，多年来一直担任英国驻美国和欧洲大陆各地的领事，代表作有《黎塞留:法兰西物语》。

市场的中心，有些偏居一隅离群索居——从这些年的动荡中获得了另一种动力：一种经验的危机，往往由个人亲身体会并忍受，当它出现在小说中时，远远不止是对现有公认的公众性的反应。那是一种创造性的工作，一种常常是独自埋头案边的发现之旅；一种转变与创新，塑造了来自似乎互不相关的作品与经验的一代人。它带来新的情感、人物、关系；带来认识、发现、表达的新节奏；它定义社会，在每一部拥有自己重要而独特的生命的小说里定义社会，而不仅仅是反映社会。并不是社会或社会危机催生了小说。社会和小说——我们对那些相互关联五花八门的重要活动的总称——来自一种紧迫而多变、还未成为历史的经验，除非人的直接行动造就并且给予，否则它不会有新的形式，不会有重要的转折。

那么，我们该如何定义这二十个月里发生的事情呢？回顾这段时间，我们可以清楚地看到一项特殊成就：那是对新一代的确认，对新的重要性、相关性和形式的确认吗？在各种阅读体验的诸多可能性中，我选择其中一个方向作为中心：对共同体的探索，对共同体的实质与意义的探索。

从狄更斯到劳伦斯，跨越了近百年，这一方向在我看来具有决定性。共同体是什么，过去曾是什么，将来又将如何；共同体如何与个人和集体相联系；与共同体休戚相关的男女如何立足其间或者超乎其外，如何从拥护它但更多是从反对它的角度来看待这一社会形态：这些相关的主题都是至关重要的方向。因为在这个时期，生活在一个共同体之中意味着什么，是摆在社会和个人面前的，远比历史上任何时候更不确定、更为关键、更令人困扰的问题。对于这个强大且正在巨变中的城市与工业文明，最根本的体验就是迅速而不可避免的社会变迁，一段全新的、可见又可感的历史。但与此同时，在绝大多数实际的共同体和现实的生活中，也是一个复杂而且往往是模糊的全新历程。上述两点并非截然相反的两极：它们是变化本身的典型特征。人们越发意识到，巨大的社会和历史变迁不仅改变外在形式——制度和景观——还会内在地改变人的情感、经验和自我界定。我们可以看到，这些变化的事实深深蕴藏在几乎每个人的想象之中。

这样一来，小说应当以前所未有的方式被用来探索并认识这个过程，这么说无疑是正确的。在18世纪伟大的现实主义者那里，在简·奥斯丁精准的社会描摹和司各特自觉的历史想象当中，小说的力量和可能性已是显而易见。然而，尽管从他们的伟大前辈那里汲取了一些启动的力量，成长于剧变中的新一代小说家还是必须依靠他们自己的资源，创造出新形式，以适应英格兰已经触及的这个关键的新时期的经验。

这一发展变化有两个突出的特点。司各特开创的历史小说，在这一代人开始写作之前，几乎已经走到了尽头——那种流行写法的尽头。狄更斯偶尔会用到它，乔治·艾略特只有一次重拾这种写法。但在文坛主流当中，它已经变成一种孤立的形式：从之前历史作为侵蚀人类意识的变化，到现在历史变成了奇观，奇观化的过去，就像利顿作品里那样，表现得最为明显。在司各特那里可以看到每一种可能性：因为在他小说里，利用浪漫化的过去来超越当下有许多生动多彩的方式。但在与时代最深入的互动这一点上，浪漫想象的永久成就并非这种超越。其成就在于确立了人类经验中的一种立场，借此能够判断——不是偶然地而是完整地——那个正在形成和改变人类经验的社会。曾经作为框架存在的社会，现在可以被看作一个机构，甚至一个演员，一个人物。可以在人身上或者通过人看到它并评价它：它不是人们被限定在其中的一个框架；也不是所有已知关系的一个集合；而是一个表面上独立的有机体，一个角色和一种行为，就像其他同类事物一样。现在的社会，不只是一个要去衡量的准则，一个要操控的制度，一个要限定或改变的标准。它是一个进入生活，去塑造或去变形的过程；这个过程人人都曾了解，但后来又突然变得遥远、复杂、难以理解、难以抗拒。

在向历史小说学习的进程中，关于社会变化及变化之评价的新小说找到了自己的原动力、主动权，果断而急切地抓住了机会。托马斯·卡莱尔，他在传达这种历史感——将历史过程视为道德实质和挑战——方面比同时代其他任何人都做得更多，他认为小说这种形式已经过时了，可以被历史所取代。当然，他被证明是错的，但恰恰是因为小说在向他主要观点的那个方向转变。正是通过成为历史，当代历史，一部物质的历史，过程的历史，公共生活和私人生活相互作用的历史，一种重要的小说进入了它那个时代的核心。当巴尔扎克在法国向司各特学习时，他不是回到中世纪，拉开一段注定会造就奇观的距离，而是像司各特在其最好的作品里回到苏格兰近代相关的历史中去那样，回到他自己时代的决定性起源中去：回到法国大革命的年月。他以这种方式学习，学习在寻找起源的过程中，如何继续书写他那个时代后续的历史。新一代英国小说家也以类似的方式学习着：回到他们自己时代的决定性起源，回到工业革命的危机时刻，回到民主改革，回到从乡村到城镇的流动。从夏洛蒂·勃朗特在《谢利》中描写卢德派，到乔治·艾略特在《米德尔马契》和《费利克斯·霍尔特》中写到 1832 年之前的岁月，着力于城镇与乡村。正是在这种对历史想象的运用中，而不是《罗慕拉》或《双城记》那种幻想式的演绎中，才出现了真正的成长。也正是通过这样的方式，小说家们才学会了历史性地看待他们当下所处时代迫在眉睫的危机：宪章运动、工人罢工、债务与投机、错综复杂的价值观与财产的继承。

　　这是一条非常重要的发展线索，但是，还有一个更重要的因素，更深入地影响了小说的内容和形式。大多数小说在某种程度上都是可认知的共同体，这是一种传统方法——一种根本的立场和路径——的一部分，小说家以一种本质上可认知和可沟通的方式来表现人以及人与人的关系。对这种方法的信心很大程度上依靠一种特殊的社会信心和经验。在其最简单的形式中，这种方法就相当于说——尽管在最自信的情况下，这一点不必说出来——那些可知且因此而已知的关系构成了一个完全已知的社会结构，并且是其中的一部分；在关系之中并且通过这些关系，人们自身可以被完全地认知。因此，从可见的和可理解的关系的中间项来看，社会和人都是可认知的；事实上，就公认的和相互适用的社会和道德准则而言，关于社会与人的某些基本主张甚至可以被视为理所当然。

在新一代小说家经历的非凡卓越的变化过程中，许多因素的结合会摧毁这种信心。这种变化的一个影响已经得到广泛承认。它其实已经成为一个信条，更准确地说，是片面的真理——在关系中并且通过关系，人只是部分地可认知；个性的某些部分以不受关系影响的方式突显并存在着；在这个意义上，人并不是可认知的，其实从根本上来说就是不可认知的。这是一种信念，它本身就推动人们在小说中进行新的、非常激进的实验；这些实验在后来的每一代作家中都更加活跃也更加独特。

在这一众所周知的影响中，人们不常认识到的是，在天平的另一端，一个相似的过程已经显而易见：对理解社会的可能性的怀疑和不信任与日俱增；同时也日益确信：关系——可认知的关系，还远不能塑造一个共同体或社会的关系——虽是积极的体验，却不得不与关于一个整体社会（或者不同于当地和邻近社区的社会）的通常的消极体验互为对比。在可认知的关系与未知的、不可知的、强势的社会之间，出现了一个重大的分裂。这一分裂的严重性以及它对小说的最终影响，只有到那个世纪末才能追溯。但它的压力从危机的第一个时期就很明显：狄更斯对它的反应——很早且很重要的反应——也许是我们理解他，特别是理解他对小说这种形式独到而富有创意的运用的钥匙。

现在，我们不得不为这一特殊的危机（可认知的共同体的危机）命名，以便看清它与这些小说家经历的变化关系是多么深厚。我们可以看到它与共同体非常迅速增长的体量、规模和复杂性之间显而易见的关系：城镇尤其是城市和大都会的增长；劳动分工与复杂性的增长；社会各阶层之间与阶层内部关系的改变。在普遍意义上，任何关于一个可认知的共同体——整个的、完全可知的共同体——的假设都变得越来越难以维持。这样一来，我们必须记住，在可认知的共同体与可认知的人之间，存在着一种直接但又非常困难的关系。华兹华斯早在《序曲》当中就已经处理了这种关系，在伟大的第七卷（《寄居伦敦》）中，他直接将城市里拥挤的人群——不是偶尔而是经常性的拥挤，大城市街道上新出现的那种拥挤——这种新现象与自我认同、自我了解、自我控制的难题联系在一起：

多少次在人流满溢的街道上，

我随着人潮往前走，并且告诉

自己，从我身旁走过的

每张面孔都是一个谜……

……熟悉的生活的所有基石，

现在，以及过去；希望，恐惧；全部留下，

有关行动、思索和言说之人的所有法则都

离我而去，不知道我，也不为我所知。

正是从这个关键的结合点上——不可认知的人群与无知且不为人知的个人——他创造了那个盲乞丐的形象，乞丐带着说明其历史和身份的标牌：

对我来说，这个标牌是我们对

自身也是对宇宙所知的极限的

一个典型，或者象征。

这是我们熟悉的具有浪漫色彩的结论，但重要的是这一洞察出现的地方：一座城市拥挤的街道上。那是一种相关的疏离感，关乎共同体也关乎人，布莱克也看到了这种疏离感，在他的诗歌《伦敦》中，对权力的强调更为鲜明。

可认知共同体的问题及其对于小说家的深层影响，显然是19世纪早期英国社会历史的一部分，也是富有想象力的洞察和创造性反应的反作用力的一部分。但什么是可认知的不仅仅取决于客体（有什么能够被认知），也取决于主体及观察者（渴望认知什么，又有什么需要被了解）。一个可认知的共同体，也就是说，既是明明白白的事实，也是个意识问题。事实上，小说发展的主要阶段之一必须与了解一个共同体——找到一个立场，一个令人信服的经验立场，由此开始共同体就能够被了解了——这一问题相联系。

人们常常想当然地认为，乡村共同体，最典型的当属一个村庄，就是直接关系的缩影：这里有面对面的接触，小说家可以从中找到人际关系故事的主要内容。当然，它在这方面与城市和市郊的区别很大。在狄更斯之前，大部分英国小说都聚焦于乡村社会，正因为他聚焦于城市——不但是城市，还是大都会——所以他必须在另一种传统即都市工业社会的流行文化中寻找力量和基础。当我们去审视他小说的主要内容时，我们将看到这种变化的程度，以及他对这一传统超凡脱俗的创造性运用。

然而，即便是在乡村社会内部，已知的是什么——什么被期望以及什么需要被了解——这个问题也是非常切实而关键的。这是乡村小说从简·奥斯丁到乔治·艾略特，再从乔治·艾略特到哈代的极其重要的进展中，真正的关键。我们将详细追踪这一过程，但此刻简要回顾一下简·奥斯丁的共同体也很有价值。

简·奥斯丁选择无视她那个时代决定性的历史事件，这是一个举世公认的事实。可人们仍然会问，拿破仑战争是历史的真正潮流吗？历史有许多潮流，而那个时代英国地主家庭的社会史属于其中最重要者。当我们感受它的真实过程时，我们会发现，地主家族在简·奥斯丁的小说中起着相当中心和结构性的作用。阻碍我们认识到这一点的是那种流行的怀旧，人们沉湎于彭斯赫斯特、萨克斯汉姆、巴克斯海德、曼斯菲尔德庄园、诺兰庄园，甚至波因顿，在那里，所有的乡村宅第和它们的主人都被视为实际上属于一个单一传统：有教养的乡村贵族。按照这种观点，对这些房子及其家庭持续不断的建设和改造就被一种理想化的抽象所压制，因而简·奥斯丁的世界也被认为是理所当然的，甚至有时被当作幽闭的乡村而加以保护，仿佛它就是一个简单的"传统的"背景。因此，如果社会"背景"在这个意义上已经安排妥当，我们就可以将重点转向纯粹人际关系的虚构故事了。

但这样的重点强调是错误的，因为从我们观察到的心理过程的抽象意义上来说，简·奥斯丁全力关注的不是人际关系，而是个人行为：在某些真实情境下，检验和探索控制人类行为的标准。小说对个人行为的审视已经隐含了社会关切，对于社会规范的恰当性有着深刻的感知和探索，此外，我们必须加上另一个证据，即奥斯丁小说直接关注着庄园收入和社会地位，收入和地位被视为展现和形塑所有关系的不可或缺的因素。这也不是在安排妥当的"传统"世界之内的关注点，事实上，简·奥斯丁小说中许多情节的利害关系和来源都在于，财富的变化——普遍变化和某种流动性的事实——当时正影响着地主家庭。

因此，如果不是因为伯特伦爵士被明确地描述成戈德史密斯所说的"伟大的西印度群岛人"：安提瓜糖岛的殖民地所有者，我们很容易把《曼斯菲尔德庄园》里的托马斯·伯特伦爵士作为一个老派贵族定居乡村的例子，与克劳福德家族的新"伦敦"生活方式进行对比（这是一种常见的解读）。克劳福德一家虽然住在伦敦，但维持他们生活的收入来自诺福克的地产，他们是由一个海军上将叔叔抚养长大的。《劝导》里的沃尔特·埃利奥特爵士出身于一个地主家庭，从柴郡搬到萨默塞特，在复辟时期被提升为从男爵，但他的收入不再能维持他的地位。他的推定继承人"通过与出身低微的富婆结合而获得了独立"，准男爵被迫将凯林奇宅第让给了一个海军上将，因为正如他的律师所说：

> 由于这次媾和，我们所有阔绰的海军军官都可以转到岸上。他们都需要安家。沃尔特爵士，如果要招房客，寻找可靠的房客，这是再好没有的时机了。战争中很多人发了大财。①

---

① 《劝导》，裘因译，上海译文出版社 2008 年版，第 17 页。对于威廉斯提及的小说引文，译者尽量以已有中译本的对应段落为准。

相比之下，邻近的第二个拥有土地的默斯格罗夫家族，则

> 正经历着变迁或演化的过程。父母亲是传统的英国人习
> 惯，而年轻人则都是新派。①

《傲慢与偏见》中的达西是一个继承了"许多代"的著名地主，但他的朋友彬格莱则继承了十万英镑，正在寻找一处地产来购买。威廉·卢卡斯爵士从商人荣升为爵士，班尼特先生除了继承来的地产，每年有两千英镑的收入，他娶了一个律师的女儿，她的哥哥是商人。在《艾玛》中，奈特利拥有唐维尔庄园，富裕农场主马丁是他的租户。伍德豪斯家没有多少土地，但艾玛将从"其他来源"继承三万英镑遗产。牧师埃尔顿有些自主财产，但必须"尽他所能地独自经营，除了做生意没有任何同盟"。韦斯顿先生出身于一个"体面的家庭，在过去的两三代人里，这个家庭已经荣升至文雅且富有的阶层"。通过参军，他娶了一个"约克郡大家族"的女儿，在她死后从事贸易并购买了"一小块地产"。哈丽特，最终揭秘是"一个商人的女儿，有钱到足以让她"带着得到"更多财富、安全、稳定和提升"的希望，嫁给了她

---

① 《劝导》，裘因译，上海译文出版社 2008 年版，第 41 页。

的富裕农场主。科尔斯一家靠买卖收入过着平静的生活，但当这种生活有所改善时，在左邻右舍中间，"他们的财富和生活方式就仅次于伍德豪斯一家"。在《理智与情感》中，达什伍德一家是定居的地主家庭，通过婚姻增加了收入，还扩大了女儿们的地产。他们还在诺兰德公地圈地，买下邻近的农场；为了圈地和囤积居奇而必须把股票变现，影响了这个家庭改善的速度。《诺桑觉寺》里，凯瑟琳·莫兰是一名牧师的女儿，父亲有两份不错的俸禄，经济相当独立，她随当地的地主艾伦家族来到巴斯，在那次被人犀利观察的社交活动中，她遇到了自修道院解散以来一直拥有该寺产的人家的儿子；此人的妹妹与意外获得"贵族头衔与财富"的情人结了婚。

当然，这段社会史只是对奥斯丁小说世界的概括描述，小说里有更具体的情节线贯穿始终。但必须澄清的是，它不是个单一而稳定的社会，而是一个活跃的、复杂的、极具投机性的过程：关于继承的、新圈公地和新垄断的财产；从生意及殖民地和军队获取的财富转化成为宅第、地产以及社会地位；约定的和投机性的婚姻带来的财产及收入。这确实是英国社会历史当中最难描述的世界：一个贪得无厌的上层资产阶级社会正与农业资本主义处在最明显不过的联结点上，而农业资本主义本身就是通过继承头衔和打造家族名号来维系的。科贝特观察到，"在印度发财的富豪、黑人司机、海军上将、陆军上将"等人的到来，被直接插入土地资本和商业资本漫长而复杂的相互作用过程中，甚至被视为是理所当然。这一复杂过程中的社会混乱和矛盾是许多人类行为和价值难题的真正根源，这些难题由个人的行动得以戏剧化。一个公然以营利为目的的社会，自然也关心财富的传递，正试图同时通过继承来的行为准则和道德上的改善来评判自己。

简·奥斯丁的矛盾之处在于，在这部困惑与变化的编年史中，她却实现了基调的统一，表现出一种稳定而又非常自信的观察和判断方式。她既准确又坦率，但方式非常特别。例如，她提及可支配的收入时，比必须耕种的土地的面积更精确。但与此同时，她看待土地的方式是，根本无视收入的"其他来源"。她的眼睛对房子、房子所用木材、升级的细节的判断，迅速而准确，皆以金钱衡量。然而，其他种类的钱财，来自贸易公司，来自殖民地种植园的那些财富，就没有进行视觉上的等价替换，财富必须被转换成土地的符号才能被完全认可。这种看问题的方式特别有代表性。土地主要被视为收入和地位的指标，其可见的秩序和管理是一种有价值的商品，但它的耕作过程却几乎看不到。于是简·奥斯丁不由自主地提醒我们，升级的两种含义在历史上是相互关联的，但在实践中却往往是相互矛盾的。在农业生产中有土壤、库存和产量的改善，还有房屋、公园、人工景观的升级，后者吸收了大量实际增加的财富。这一提醒从根本上说明了，什么可以在技术上被概括为农业革命；什么不是革命，而是现有社会阶层的巩固、提升[①]和扩张。

教养与升级一样，其内涵具有模糊性。土地面积不断增长，转化为租金，接着租金又被转化成那些被视为高雅社会的东西。因此，所谓"革命"就是为了这种生活的品质。简·奥斯丁能够在语调上达到非凡的统一——那种冷静而克制的观察是她叙事方法的基础；那种对事件、描写和人物极其疏远的处理，既无需公开操纵，也无需介入或个人的参与——是因为一个有效的公式：升级就是升级。根本不为人所见的生产进步是社会进步的手段，而社会的进步是如此孤立，以至于能被非常清楚地看到。

这么看并不是恭维。好收益转化为好行为不是自动的过程。但关键在于，这种道德主张被如此严肃地对待，以至于变成了一种批判：决不是批判那个改善公式的基础，而是冷静而坚决地批判其对性格和行动造成的后果。她引导她的女主人公稳步走向正确的婚姻。她独自一人，对付所有麻烦，就像某种超自然的律师，按照道德价值的精确比例来解决问题，以保证这一通用公式的连续性。但是，在这种保守的态度中——这是她自信的来源——道德歧视是如此顽固，以至于它实际上可以被视为一种独立的价值。据文学史家们说，她的创作源自菲尔丁和理查逊，但

---

① 这几段里反复提到 improvement 一词，在这一句里意指社会地位的提升。其他地方根据上下文语境译成"进步""升级""改善"等。

实际上，菲尔丁那种亲切而操纵自如的虚张声势和理查逊那种与世隔绝的道德狂热已远在另一个世界。在《艾玛》《劝导》和《曼斯菲尔德庄园》中所发生的，是一种日常生活中毫不妥协的道德的发展，这种道德实际上与其社会基础是分离的，而在另一方面，它可以变得与社会基础对立起来。正是在这个意义上，简·奥斯丁与后来的柯勒律治、乔治·艾略特和马修·阿诺德有关联，这些作家不得不怀着日益增长的不安，学会假设阶级和道德之间没有必然的对应关系；道德歧视的存留依赖于另一种独立；进步的两种含义不仅要区分，而且要对比；或者，如柯勒律治首先提出的那样，人性意义上的教养必须被作为标准来对抗文明的社会进程。在这些方面，那个公式被决然地打破了：改善并不是改善；不仅不是必然地，有时还会处于明确的矛盾之中。很显然，简·奥斯丁从来没有走得那么远。如果她那么做了，她的小说就会非常不一样，会涉及结构和语言的新问题。但是她提供了只有在庄园高墙外才会被当作一种别样社会经验的重点，这种强调不是一种道德批判，而是一种社会批判。我们将在乔治·艾略特作品中看到这种转变以及转变的困难。

但现在再来思考一下简·奥斯丁的"可认知的共同体"吧。这是一个显而易见的面对面的社会；它的危机，身体和精神上的危机，都是用下列方式来表达的：眼神、手势、凝视、冲突；而在这些背后，小说家每时每刻都在注视、观察、记录和反映。那就是她的整体姿态，她的道德的语法。然而，尽管在小说的基本表达里，这是一个完全已知的共同体，但作为一个真实的共同体，它却经过了极为精心的筛选。她小说中的邻居并不是那些真正住在附近的人，而是那些住在不太近的地方，在社会身份上可以去拜访的人。她所看到的是土地上有产权的房屋和家庭组成的网络，通过这个密不透风的罗网，大多数真实的人根本就不会被看到。在这个世界里，能够面对面就已经属于一个阶级了。无论是实际存在还是社会现实当中，根本没有任何其他共同体是可认知的。而且，消失的不仅仅是大部分人，还有乡村的大部分，只有当乡村与真正成为情节中心的房产联系在一起时，才会变得真实起来。至于其余的乡村，不过是恶劣天气，或者一个散步的地方。

追溯小说从简·奥斯丁到乔治·艾略特的连续性（一个非常重要的道德分析的传统）是恰当的。但我们只有承认这个文学发展过程中发生的其他事情，才能明智地做到这一点：承认其他类型的人，其他类型的乡村，其他各种必须加以道德强调的行为。

因此，乔治·艾略特将《亚当·比德》设定在简·奥斯丁的时代：18世纪进入19世纪的转折点。当然，她看到的东西是非常不一样的：主要不是因为乡村发生了变化，而是因为她正在利用一种不一样的社会传统。

《亚当·比德》的起源是我循道卫理的姨妈塞缪尔告诉我的一件轶事……她自己经历的一件轶事……后来，我开始想要把这段往事和姨妈其他的一些回忆，与父亲早年生活和性格的某些方面结合起来，编成一个故事。

因此，有产权的房子仍然在那里，为唐尼尚一家所有。但现在，人们看到他们在努力提高收入，与他们的租户打交道：

"多么精致的厨房啊！"老唐尼尚先生羡慕地环顾四周说道。老唐尼尚的话，不管是甜蜜的还是恶毒的，从他嘴里说出来，总是那么从容不迫，字斟句酌，彬彬有礼。"朴瑟太太，你厨房收拾得这么漂亮干净。你知道吗，在整座庄园里，我最喜欢的就是你这房子了。"①

我们之前已经见识过这种深思熟虑、精心雕琢、彬彬有礼的讲话方式了。但它此时不是处在平等的关系中，就像这个老乡绅看房子的态度，此时绝不只是个人性格一个侧面的表现，而是源于支配性社会关系中养成的性格。正如朴瑟太太对此的反应：

_____

① 乔治·艾略特：《亚当·比德》，傅敬民译，复旦大学出版社 2011 年版，第 306—307 页。

"就好像你是个小虫子，他准备用指甲掐你似的。"①

这个彬彬有礼提出的建议实际上是要改订租约。为了田产的方便，新租约将夺走朴瑟一家的玉米地。同时他还威胁说，被推荐的新邻居

　　瑟尔会很乐意把两个农场都租下来的，这样并在一起经营起来更方便，他手头很有些积蓄哟。不过我可不愿意同你这样好的老佃户分开。②

这并不是特别戏剧化的场面，但它允许那些一直存在而此刻因我们换了个视角而看到的日常经验进入故事，这一点十分关键。彬彬有礼的改善必定与经济实力的残酷事实形成鲜明对比，一种不一样的道德强调已经不可避免。这种局面之后还会扩展。年轻的乡绅急于升级产业，正如佃户们所看到的那样，

　　就会有一千年也用不完的新大门和配给石灰，以及百分之十的利润。③

---

① 《亚当·比德》，第306页。
② 同上书，第310页。
③ 同上书，第75页。

他聘请亚当·比德做他的林地管理人。但本着实质上相同的精神，他把赫蒂·索雷尔当作自己的女人，并成功地毁掉了她。为自己方便而利用他人是个人性格的一个侧面——这一强调并没有减弱——但它现在也是社会与经济特定关系的一个侧面。因此，正如乔治·艾略特反讽的评论所言：

> 调查此类事情就像是去调查一个机要秘书的品质那样荒谬。谈到那些出身名门、家资巨富的年轻人，我们用响亮、有影响力、有礼貌的词语来称呼他们。[1]

准确地说，简·奥斯丁就一直在调查，但仅限于在一个相互关联的群体之内。现在展开这种分析就不再受阶级的限制，社会和经济关系被视为影响行为的必然因素，往往还是决定性因素。

也就是说，可认知共同体不仅是物质上扩张和复杂化的问题，它首先还是个有关视角和意识的问题。准确地说，正是在这一点上，它与源自新历史意识的方法相互紧密联系在一起；新的社会观念不仅是个人和人际关系价值的体现者，而且是积极的创造者，积极的破坏者。

---

[1] 《亚当·比德》，第 110 页。

这是一种复杂的相互作用。在 19 世纪 30 年代末，特别是 19 世纪 40 年代，在一个充满全新经验的世界里，一切似乎都瞬间开始了。在简·奥斯丁、司各特和狄更斯的开始之间，有一个停顿，一段间歇：这不是指实际的出产，因为小说创作还在继续，还有些有趣的单篇作品，例如皮科克的那些小说[①]；而是指关键的贡献，在形式和世代的创造与再创造之中，存在一段间歇。进入 19 世纪 40 年代之后，我们不得不把注意力转向这里或那里，有这么多的新方向，仅做单一的描述是不可能的。但在那十年之前，有一个决定性的时刻：即狄更斯的初次露面。他在取得巨大成功的过程中，花了许多年的时间，才完成了如今定义他成就的作品。然而，不仅是时间上的巧合，更是天才的横空出世，将我们的注意力从 19 世纪 30 年代之初转移到狄更斯的时代：尤其是狄更斯，作为小说家，他在 1847 年和 1848 年的那几个月里达到了他的巅峰，也遭遇了重重困难。

[①] 皮科克（Thomas Love Peacock, 1785—1866），英国作家，出版 7 本小说，1816 年的《黑德朗大厅》是第一部，《恶梦隐修院》（1818）是其最著名的作品，嘲笑了浪漫主义的多愁善感。

1

查尔斯·狄更斯

　　人们仍然普遍认为，英国人的传统文化是被工业革命打破并瓦解的。之后出现的，据说一方面是堕落虚假的商业文化——报纸和大众娱乐的世界；另一方面是日益受到威胁的少数人文化——一个良好教养的传统，在这个传统中，一个时代最精致的文学和思想力求维护并扩展自身，保持其与过去时代最优秀成果的联系，保持连续性。对我来说两种描述似乎都有部分真实性，但是，尽管我们已竭尽其所能给予全部重视，两者合在一起，仍然不能在文化上描述英国城市和工业的全部境况，在小说中尤其如此。缺失的元素是大众对新生活环境的真实反应，通过这些反应，人们以许多种方式——在激进的新机构和新看法当中，也在俗语、故事、歌曲、笑话、戏仿、感伤、漫画组成的拥挤的多声部无名世界当中——描述并回应着他们前所未有的经验。

　　然而，我们对其中任何一种了解得都远远不够。有良好教养的世界当然对它们不屑一顾。过去的几年里，我们一直在进行初步的描述：既有作为主要成就的激进文化，也有以更加碎片化的方式描述的匿名文化，这种文化具有持续的，通常是口头的、传统的力量。随着我们看得越来越清楚，我们可以用某种很新的方式看待这个迅速变化的社会中的文学状况，特别是小说的状况。在这段历史最关键的时刻——在小说再创造和新都市大众文化出现的关键时刻——我们尤其能意识到我们的幸运，我们拥有一位天才的小说家，两种文化他都参与其中。我们拥有狄更斯。

当然，狄更斯小说中重点的转移是非常艰难的。它将视角的变化——其中有些非常激进——扩展到批判和社会信仰的整体结构之中。狄更斯现在确实比以往任何时候更受人钦佩和尊敬，得到了更仔细的研究，尤其是在少数评论家群体当中；他的大多数读者当然一直都保持着对他的尊敬。但我认为，如果另一种价值重估没有同时进行，没有复活我们自己人的某些核心历史和文化，一种曾经被教养良好的旧世界固执地排除在外的历史和文化，这种情况也不会像现在这样发生。现在，我们开始了解我们所继承的大众文化了，真实性和准确性都在不断提升；我们也开始了解它与民间文化的区别，这也许是最难把握的一点。

在民间文化和上流文化之间，最终总会有某种有限的交流互动。但很典型的是，每次都发生在相对僵化且不可流动的社会里：在农民社区和宫廷之间；或者乡村和城市之间，前提是要在这些地方的区别还相当显著的时候。等到社会内部与整体都开始流动之后，这些较简单的互动就在其旧形式当中消失了。经过许多过渡阶段，我们迎来了不同的文化，其中最重要的措辞不是"民间"和"上流"（或"贵族"）；而是意味深长的"大众的"和"有教养的"。在现代的阶级社会中，这些特征表达的是一种**关系**，而不是区别或分隔。因此，当一种"有教养"的文化如通常那样被称为"少数人"文化时，我们必须将其视为一种社会事实和关系的标示：即教育的阶级限制。"大众文化"同样是指整个社会的一个事实，而不是像"民间"那样代表着区别和分隔。

在阶级社会里，每一种文化都意识到了其他文化的存在：或相与，或批判，或应和，或敌对。"大众文化"尤其复杂，因为它既包括**为**多数人提供的东西，也包括**由**多数人创造的东西。如果这些是完全独立的领域，问题就简单多了，但正如小说（还有许多其他例子）的全部历史表明的那样，它们不是，也不可能是。当我们谈到狄更斯借鉴了大众文化时，意思并不是说这种文化或者他本人没有受到有教养文化的影响。许多严肃的思想已经大众化，也有一些曾经表现过这种大众生活的艺术家较早得到了承认。我们也不能再说乔治·艾略特，作为狄更斯至关重要的对比，她借鉴了有教养的文化（这显然是正确的）但没有借鉴大众文化（尤其是大众信仰和乡村生活，显然是她的世界的一部分）。在她的作品中，"有教养的"和"大众的"生活与思想之间不断变化的关系引发的互动（实际上是干扰），的确是决定性的。

　　同样，我们即便了解狄更斯创造性地利用了大众文化，我们也必须注意这种利用的范围和矛盾。它从大众在习语和价值观中表达的真实反应开始，经由大众对某些议题和故事的真实需求，通过建立在大众感受基础上或为其所接受的重要的早前艺术和思想，再到利用和操纵大众的反应与需求（就像许多有倾向性的杂志小说中，为了引导或转移大多数人的兴趣而写的那样）最后再到最困难的领域，在那里，某种调整、放弃、错觉、幻想——产生于这个社会的整体经验——变得流行起来，甚至可以自我生成。它们足够真实，因为它们有广泛的代表性，但从无法揭示什么这个意义上说，它们也并不真实，因为它们阻止其他方式揭示某些真正的兴趣和真理。具体的表现就是（这一点与狄更斯很有关系）一种自我防卫，时而快活，时而玩世不恭的语气和情绪，这种语气和情绪会占据上风，变得很难与对现实的幽默或讽刺性的观察区分开来。

　　那就是我们在狄更斯批评上的核心难题。但它被另一个我们最好直接处理的问题掩盖了。按照在英国被强调为伟大传统的一类小说的标准，狄更斯的缺点（那些被认为是缺点的东西）是如此之多，如此之重要，简直令人尴尬。另一种小说——典型的有教养社会的小说——的每一条标准几乎都对他不利。他的人物不是"圆形的"和发展的，而是"扁平的"和鲜明的。他们不是慢慢显露，而是直接呈现出来。意义主要不是以默示和复杂的方式表现出来，而是经常以道德宣讲甚至劝告来直接呈现。他直接使用说服和展示的语言，而不是那种分析和理解的克制语言。他的情节常常依靠任意的巧合、突然的发现和心灵的改变。他提供的不是心理过程的细节，而是成品：社会和心理的产品。

然而，如果我们把这类小说的标准套用在另一种截然不同的小说上，我们就会（在批评上）毫无进展。如果我们试图从狄更斯那里打捞一些与那个本质上并不相容的世界相兼容的东西，剩下的部分则温和而友好地参考这位伟大的艺人和大众文化传统，我们就会毫无进展：这不是解释，而是搪塞。我们必须提出的核心论点是，狄更斯能够写出一种新型小说——能够独特地理解新型现实的小说——仅仅是因为他与新的城市大众文化分享了某些决定性的经验和反应。他还与之分享了某些调整和错觉，这是我们论点中不那么重要的部分。除非我们承认了这种新的现实——本质上说它是新型城市的现实——否则我们将继续以抽象而无足轻重的方式讨论他的创作方法。然而，如果我们能把握这种新经验，我们将看到他的方法，他创造性的方法，有多少是从其中产生的；这种前所未有的经验能够被看到被重视，这是唯一的，或者至少是主要的方式；这是小说的一个突破，其他城市小说家——陀思妥耶夫斯基和卡夫卡是最先出现的名字——也以自己的方式学会了它。那就不用抱歉，不用缓慢而无奈地承认他终究不是乔治·艾略特，而是强调——充分强调——他是一位新型小说家，他的方法**就是**他的经验。

我们当然可以承认，他那不可思议的能量本身是一个事实。但是，能量和方法实际上是不可分的。正是通过他那非常独特的情节和人物，而不是无视他们，他创造了一个紧张激烈而引人入胜的世界。他采用并且转化了某些传统的方法：不是像乔治·艾略特那样，以更本地化的方式观察行为，或更具体地了解个人，或更仔细地记录关系的发展阶段；而是以他自己的方式，转化成一种戏剧化的方法，这种方法特别能够表达生活在城市的经验。

正如我们回顾一部狄更斯的小说时所记得的那样，普遍的移动——关键性的移动——是男男女女看起来随意地匆匆而过，每个人都说着某些固定短语，每个人都露出某种固定的表情：这是一种观看街道上男男女女的方式。最初这其中缺少一般的联系和发展。这些男人和女人并没有多少联系，只是彼此擦肩而过，有时发生碰撞。他们也并不以平常的方式相互交谈。他们彼此交谈，或者说着话经过彼此，每个人的第一要务就是通过他的话来定义自己的身份和现实；通过固定的自我描述，有意提高嗓门，让自己的声音从其他类似的声音中脱颖而出，或者压倒其他类似的声音。但是随着情节的发展，未知的和不被承认的关系，深刻的和决定性的联系，明确而有担当的承认和宣告，都似乎是被迫进入了意识层面。它们是任何人类社会真正而不可避免的关系和联系，必需的承认和宣告。但是，由于这种复杂的新社会秩序极度匆忙、喧嚣和杂糅，它们又是朦胧的、复杂和神秘的。

在我看来，这种意识的创造——承认和关系——正是狄更斯成熟期小说的创作目的。这种需要位于他社会和个人视野的中心：

啊，如果有什么善良的精灵用一只比故事中总瘸腿的魔鬼更有力更仁慈的手把屋顶掀开，向一个基督教徒指明，当他在他们中间走动时，什么样黑暗的形体会从他们的家里走出来，参加到毁坏天使的随从的队伍中去，那将会怎样啊！啊，如果仅仅在一夜的时间中看到这些苍白的鬼怪从那些我们忽视过久的地方走出来，从恶习与热病一起传播的浓密与阴沉的天空中走出来，把可怕的社会报应像雨一般永远不停地、愈来愈大地倾泻下来，那将会怎样啊！经过这样一夜之后出现的早晨将会是明亮与幸福的，因为人们将不再受他们自己所设置的绊脚石的障碍，这些绊脚石只不过是他们通向永恒的道路上的几粒尘埃罢了；那时候他们将像出于同一个根源、对同一个家庭的父亲负有同一个责任、并为一个共同目的而努力的人们一样，专心致志地把这个世界建设成为一个更好的地方！这一天将是光明与幸福的，还因为对于那些从来不曾注意周围人类生活的世界的人们来说，这一天将唤醒他们认识到他们自己与它的关系；这一天将在他们面前展现出在他们自己褊狭的同情与估价中天性被扭曲的情形；这种扭曲一旦开始，在它的发展过程中，就会像降落到最底层的堕落一样显著，然而又同样自然，可是这样一天的曙光始终没有照射到董贝先生和妻子身上；他们各走各的道路。①

那只揭开屋顶的有力而仁慈的手，让产生于忽视和冷漠的影像与幽灵显形；澄清了空气，让人们能够看到并认识彼此，克服违背天性的冷漠：那手是小说家的手；那是狄更斯看待自己的方式。重要的是，它出现在对城市的描写中，在《董贝父子》的第四十七章。通过笼罩在城市上空的浓密的乌云这个意象，他在描述一个冷漠和"不自然"的社会给人性和道德造成的后果。这是一个他经常回顾的意象：那种使我们无法看清楚彼此，看清我们和我们的行动、我们自己和其他人之间的关系的朦胧、黑暗和浓雾。

这是狄更斯独创性的另一个方面。他能够戏剧化地描述那些普通的外在观察无法触及的社会制度和后果。他对待并且呈现它们的方式，就好像它们是人或自然现象一般。有时候是那种乌云或浓雾，人们在其中摸索着寻找彼此。有时候是"兜圈子办公室"或"滴血之心庭院"，在那里一种生活方式具有了物质外形。有时候它们好像又以人物的形式出现，就像《我们共同的朋友》

① 《董贝父子》，吴辉译，译林出版社1991年版，第463—464页。

里的沙尔斯，当然还有《远大前程》。这种观察方式与他对人物进行道德式命名有关：葛擂梗、麦却孔掐孩、莫多尔^①。但它也以一种不那么明显的方式与一种观察联系在一起，这种方式仍然属于城市：有人也许会说，那感觉就是，城市中最显眼的居民是建筑物，而且在建筑物的形状和外表与居住其间的人们的真实外形与模样之间，既存在联系，也容易混淆。

例如《小杜丽》中的这一段话：

> 那庄严的宅第：坎汶迪希广场哈莱大街的莫多尔大宅之上的阴影，并非大墙的阴影，那阴影是隔街相望的别的庄严宅第的正面投下的。哈莱大街上隔街相望的两排房屋，与无可挑剔的上流社会一样，都板着脸儿，怒目瞪视。在这一点上，大宅及身居宅内的人也真那么相像，以致常见两排大宅里的人在餐桌前就座是相向而坐的，却在各自的傲慢气氛中，表现出房屋的那种毫无生气的表情，注视着大街的对面。
>
> 忠于这条大街的餐桌前的两排人，与这条大街有多么像，这是无人不知，无人不晓的。毫无表情、千篇一律的二十座房屋，都须用同样的方式去叩门、拉铃，都有同样呆

---

① 葛擂硬（Gradgrind）是《艰难时世》中的主人公，只认僵硬"事实"，为人冷漠无情；麦却孔掐孩（McChoakumchild）是葛擂硬所办学校的一名老师，他不喜欢孩子，总是压抑他们的想象力和情感。莫多尔（Merdle）是《小杜丽》中的一个骗子，名字与谋杀 murder 相似。

板的台阶相接，都有同一式样的栏杆圈围，都砌着同样不实用的太平梯，太平梯顶上又都是同样妨碍手脚的固定物，而这一件件都须无一例外地给予高度的评价——谁人没有在这样的环境中进过餐？面目凄然、年久失修的房屋，间或可见的凸窗，外墙涂了石灰的房屋，正面新装修的房屋，只有长方的房间的街角房屋，百叶窗放下的房屋，矮门常拉起来的房屋，收税人念头一闪，来登门拜访、却不见有人在家的房屋——谁人没有在这样的环境中进过餐？谁也不愿要、因而贱卖脱手的房屋——谁人不认识？一位失望的绅士终身占有的房屋，外表虽好，却一点也不适合他居住——谁人不知道那种幽灵出没的房屋？①

这是一段正式的描写，自始至终把房子与人做类比，最后还开起了玩笑。但这种描写在更加地方性的观察中再次出现，在那里，房子与居住其间的人们的生活难以区别（下面的例子还是来自《小杜丽》）：

城中那座孱弱的老屋，披着烟灰的外衣，将整个身子都靠在也显出颓败的模样、与房屋一起败落的支架上，它从

---

① 《小杜丽》，金绍禹译，上海译文出版社 1983 年版，第 338—339 页。

来不曾有过健康与快活的时候，对于降临头上的一切听之任之。倘若太阳有照到它的时候，那也只不过是一道光线而已，而且那光线不上半个小时也就消失了，倘若月光有照到它的时候，那也只不过是在它那怜悯的外衣上投下几处斑痕而已，使它显出愈加悲惨的模样来。那些星星，毫无疑问，在夜色清晰、烟雾消散的时候，冷漠地瞅着它；而一切恶劣的天气则以难得的忠诚伴随着它。当别处的雨、冰雹、霜冻、消融都已过尽，而这一处阴沉的院子里，雨、冰雹、霜冻、消融都毫无例外地迟迟不肯结束；至于积雪，在它早已从黄变成了黑之后，你在几个星期里仍然可以在那里见到，积雪淌着肮脏的泪水，苟延残喘。这一处地方并没有别的信徒追随。至于街上的喧嚷声，巷内马车车轮的辘辘，只有在马车经过门口时一闪而入，又一闪而出；让侧耳倾听的艾弗莉太太感到她仿佛是个聋子，由于那突然的响声的出现让她又恢复了听觉。口哨声、歌声、谈话声、笑声，以及一切人声笑语，也都有这种情形。这些声音瞬息之间过了缺口，又继续朝前响将过去。①

或者再如：

---

① 《小杜丽》，第247页。

　　已经是夏季天气了；一个昏暗、炎热、灰蒙蒙的傍晚。他们乘了马车，到了牛津街的中心地段，在那里跳下马车，一头扎进了纵横交错的大街小巷，大街是忧郁庄严的气派，小巷也竭力装出庄严的气派，而到头来反显得更加忧郁。在公园巷附近，街巷纵横交错，宛若迷宫。杂乱无章的街角房屋，在暮色中蹙起了眉头。这些房屋，有异邦格调的古老门廊与附属建筑，带着某个倒行逆施的时代、在某个倒行逆施的人统治下产生的恐怖气氛，仍然要人们世世代代盲目赞叹，并决然照此办理，直至房屋倒塌。依附着的小住宅，整个屋架给人以压抑感，从仿照广场的主教大人宅第高大门厅的矮小的门，直至俯视马房街马粪堆的闺房狭窄的窗，无不如此，从而使黄昏显得阴郁。摇摇欲坠的住宅，其式样无疑是时髦的，然而谁住了都不舒服，只能关住阴湿的气味而已，看那模样，这些住宅似乎是高楼大宅近亲繁殖的恶劣后果。这些住宅后加的小弓形凸窗与阳台都用细铁柱撑着，仿佛淋巴结核病人支了两根拐棍。到处都可看到门前挂的丧徽，包含了纹徽学的全部学问，阴沉地面对着街路，仿佛一个大主教在讲解人世之浮华。商店极少见，虽有也不显眼；因为舆论根本不起作用。①

---

① 《小杜丽》，第448—449页。

这种方法非常独特。当然，它是以语言的某些特性为基础的：对人和物之间的联系的感知。但在狄更斯这里，这一点至关重要。这是一种有意识的观看和展示的方法。城市被同时展示为社会事实与人文景观。其中被戏剧化的是一种非常复杂的情感结构。因此，他能够对流动性商业生活的喧闹奔忙与纷繁色彩作出热烈的反应：

> 董贝先生的营业所的办公室是在一个院子里；院子的角落里很久以来就设有一个出卖精选水果的货摊；男女行商在院子里向顾客兜售拖鞋、笔记本、海绵、狗的颈圈、温莎肥皂；有时还出售一条猎狗（它能用鼻尖指示猎获物所在处）或一幅油画。指示猎物的猎狗经常在那里出现，是考虑到证券交易所的人们可能对它会有兴趣，因为证券交易所里对运动的爱好很时兴（通常最早是从对新奇事物的打赌开始的）。①

很典型的是，当董贝先生来到的时候，这些人当中没有一个向他兜售这些商品。他的买卖在他的房子——他的"家庭-

---

① 《董贝父子》，第134页。

部"——上反映了出来。这种行业以更冷酷、更稳定和更超然的方式而闻名；于是伦敦的另一个侧面在这里可见一斑：

　　董贝先生的公馆是一栋宏伟的房屋，坐落在一条阴暗的、非常优雅的街道的背阴的一面，这条街道位于波特兰十字路口和布赖恩广场之间的地区内，两旁矗立着高大的房屋。这是一栋在街道拐角上的房子，里面十分宽敞，其中还包括一些地窖，装了铁条的窗子向它们皱着眉头，眼睛歪斜的、通向垃圾箱的门向它们斜眼瞅着。这是一栋阴暗沉闷的房屋，后背是圆形的，房屋里有一整套客厅；客厅前面是一个铺了石子的庭院，庭院里有两株干枯的树，树干和树枝都已发黑，发出了格格的、而不是飒飒的响声，因为树叶都已被烟熏枯了。夏天的太阳只有在上午吃早饭的时候才照射到这条街上，那时候运水车、卖旧衣的商人、卖天竺葵的小贩、修雨伞的人、还有一边走一边使荷兰钟的小铃儿发出叮当叮响声的人也随着太阳来到这里。太阳很快就消失，这一天不再回来，随后而来的是乐队和潘趣木偶戏。在这之后，人们只能听听风琴的极为沉闷的声音和看看白耗子的表演——有时还有一只豪猪来演杂技，以便变换一下娱乐的兴趣，到了薄暮的时候，男管家们（他们家里的人到外面吃晚饭去了）开始站在门口；点街灯的人试图用煤气来照亮这条街道，但每夜都没有成功。公馆里面和外面一样单调无趣。①

阴暗的建筑物与热闹的街道之间的对比被非常清晰地表现了出来。房屋的特点与人的特点再一次被有意识地互换了：

> 装了铁条的窗子向它们皱着眉头，眼睛歪斜的、通向垃圾箱的门向它们斜眼瞅着。

这种细节的置换在某种传统的支持下可以扩展为一种看待城市的方式，也即将城市看作一个破坏性的动物，一头怪兽，完全超出了人类个体的范畴：

> 每逢这样的时候，她总时常怜悯地望着那些旅客沿着她房屋旁边那条公路艰辛地向伦敦走去；他们的脚已经走痛了，身子已经走累了，正恐惧地望着前面宏伟的城市，仿佛预感到他们在那里的悲惨境遇将只不过是大海中的一滴水或海滩上的一粒沙；他们在狂风暴雨面前心怯胆寒地收缩着身子，看来仿佛大自然也把他们抛弃了似的。一天又一天，这

---

① 《董贝父子》，第 28 页。

些旅客无力地、迟缓地拖着脚步，不过她觉得总是朝着一个方向——朝着城市的方向走去。似乎有一股猛烈的魔力把他们推进这座无限广大的城市之中的某个部分一样，他们被它吞没了，再也没有回来。他们成为医院、墓地、监狱、河流、热病、疯狂、恶习和死亡的食物，——他们向着在远方吼叫的怪物走去，然后消失了。①

那是一种看待它的方式：来自外部的修辞性的总体视野。但是狄更斯以更大的确定性将视野转向了街道本身：转向对街道——陌生人组成的人群——的体验，这种景象我们许多人现在已经习以为常了，但在布莱克和华兹华斯那里却被视为怪异和威胁。当弗洛伦斯·董贝从她父亲的黑屋子里逃走时，狄更斯以一种全新的感觉重新创造并扩展了这种体验：

长街的林荫路景被晨曦抹上一层光泽，令人赏心悦目；蓝色的天空中飘浮着几朵轻轻的白云；白天战胜黑夜之后，精神抖擞，生气勃勃，脸上泛上一片红晕；但这一切在她破碎的心中却唤不起任何反应的感情。到一个什么地方去，任何地方都可以，只要能把她隐藏起来就行！到一个什么地方

①《董贝父子》，第345页。

去，任何地方都可以，只要能找到一个避身之处，永远也不再去看到她逃出来的地方就行！

可是街道上行人来来往往，商店开着门，仆人们出现在房屋的门口；人们为日常生活与工作奔忙而引起的纷争与喧嚣正在逐渐增加。弗洛伦斯看到从她身旁匆匆走过的脸上露出了惊异与好奇的表情，看到长长的影子怎样又返回到人行道上；她听到陌生的声音在问她，她到哪里去，发生了什么事；虽然这些情况最初使她更加惊恐，促使她加快步子，更加急忙地往前跑去，可是它们却同时使她在一定程度上恢复冷静，并提醒她必须更加泰然自若，这对她是有好处的。

到哪里去？仍然是到一个什么地方去，任何地方都可以！仍然是一直往前走。可是走到哪里去呢？她想起她在唯一的另一次，曾经在这宽阔茫茫的伦敦迷了路——虽然并不是像现在这样迷了路——于是就沿着那条路走去。[①]

伦敦的这条街道以非常特殊的方式呈现了出来。这是一个日常生活的地方，本身并不可怕，但综合起来却达到了一种"空旷荒凉"的感觉。这个地方与她的"禁闭房"一样，与之产生联系

---

① 《董贝父子》，第476页。

非常困难。但是另一种观点被表达了出来：一种物质效果（也是一种社会现实）被敏锐地观察到了：狄更斯为获得承认和善意而不懈付出的努力正是针对这一社会现实：

为日常生活与工作奔忙而引起的纷争与喧嚣正在逐渐增加。

她找到的唯一伴侣就是她的狗，她和它继续走下去：

弗洛伦斯跟这个最后的追随者一起，在早晨时间的流逝中，在逐渐热起来的阳光中，向着伦敦城赶紧走去。不久，喧嚣声更响了，行人更多了，商店更忙碌了，直到后来，朝着这个方向流去的生活的溪流载着她向前流去，它像和它并排流动的宽阔的大河一样漠不关心地流过商业中心地带，流过大厦，流过监狱，流过教堂，流过市集，流过财富，流过贫困，流过善与恶；它曾经梦到过芦苇、杨柳与青苔，这时它从这些梦中醒过来，在人们的工作中与忧虑中，混浊不清、起伏不平地滚滚流向深海。①

---

① 《董贝父子》，第476—477页。

这里强调的不仅仅是喧嚣和日常事务；不仅仅是驳杂性——"监狱、教堂"；还有贯穿在这一切当中的，一种并非有意为之的普遍意义上的冷漠：

> 并排流动的宽阔的大河一样漠不关心地流过……

这仍然不是具体行为或人物的问题。这是一种普遍现象——生活的潮流，生活的方式。这正是《小杜丽》中阿瑟·克莱南姆和他的妻子在痛苦地理解了一种不稳定的，但仍然是神圣的人际联系后，进入其中的大河：

> 他们默默地走下去，来到了喧嚷的大街，难舍难分，无比幸福；他们在阳光下，在树荫里，朝前走着的时候，吵吵嚷嚷的人和心情急切的人，不可一世的人、刚愎自用的人、虚荣浮夸的人，又烦恼，又焦灼，发出了通常的喧闹声。①

个人的道德品质仍然被清晰地看到和听到，好像集体出现在"喧闹的街道上"。这又是一种意识的进步，同时也是小说创作方法上的一个明显改进——现在已被广泛吸收。

---

① 《小杜丽》，第 1149 页。

我们不能仅将这一视角与描写（栩栩如生的描写）联系起来，还要与用物质名词戏剧化表现一个道德世界的力量联系起来。在狄更斯那里，物质世界从来都不会和人无关。那来自他的创造，是他的产品，他的阐释。这也是他赋予物质世界何种外形是那么重要的原因。

在这一点上，狄更斯的方法与他所处的历史时期存在非常精确的关联。正是凭借这种重塑世界的能力，在我们总结为工业革命的过程中，人们陷入了选择的危机；关于作为物质创造基础的人类外在状况的危机。在极端情况下，狄更斯会以喜剧的方式看待这种危机：

> 土地创造出来是为了给董贝父子去经营商业的；太阳与月亮创造出来是为了给他们亮光。河流与海洋是为了运载他们的商船而形成的；彩虹向他们预示良好的气候；刮风对他们的企业有利或不利；星星和行星沿着轨道运行，是为了保存一个以他们为中心的神圣不可侵犯的体系。①

这是对一种常见的商业自信心的嘲弄，但前提根本不是未被扰乱的天性。它其实是看待那种强加于人的、被置于中心地

---

① 《董贝父子》，第13页。

位的制度的方式。准确地说，它是被其他类型的物质生活和信心——人们正在其中创造自己的世界，带着信心穿过吵闹拥挤的人群——所限定的，并不只是说那种力量（那种创造新世界的力量）还暧昧不明。这里还存在一种选择：对新的物质环境中人的状况的选择。或者说，如果我们看到在这个前所未有的剧变时代中，人们在物质和道德层面都发生了什么，就会有一种选择——我们就**可以**选择：

这个时期发生的大地震，第一次震动就把整个地区都震裂了，一直达到它的中心。到处都可以看到地震留下的痕迹。房屋倒塌了，街道完全裂开和堵塞了，地底下被挖掘成深深的凹坑和沟渠，大堆大堆的泥土高高堆积，建筑物由于基础遭到破坏，动摇不牢，正用大根的木头支撑着。这里，翻倒在地、杂乱一团的大车横七竖八地躺在一座峻峭的非自然的小山底下；那里，珍贵的铁器毫无条理地浸泡在偶然形成的池塘中，腐蚀生锈。到处是不通向任何地方的桥梁，完全不能通行的大路，失去一半高度、像巴别塔一样的烟囱，在最意想不到的场所临时搭建的木房子和围栏，破烂的住房的骨架，未建成的墙和拱门的断片，一堆堆的脚手架，杂乱无章的砖块，巨人般的起重机以及跨立在空处的三脚架。这里有十几万个没有完成的形状和实体，散乱地混杂在一起，上下倒立，深埋在地下，高耸在空中，腐烂在水里，像梦一样地难以理解。地震通常的伴随物——温泉和火焰喷发，对整个场景增添上一份混乱。在颓垣断壁之内，沸腾的水上下滚动，发出了嘶嘶的声音，从那里也发出了火焰的闪耀与怒号；山丘般的灰烬堵塞了来往通道，而且完全改变了本地的法律与风俗。

简单地说，尚未竣工、尚未通车的铁路正在修建中，它从极端杂乱的中心，沿着它的文明与进步的宏伟路线，平静地、慢慢地向远处延伸。①

这是对直接的混乱的忧惧，但接下来狄更斯又看到了最终更为重要的东西：不是变化造成的无序，而是从无序中创造出来的新的秩序：

古老、破烂的凉亭从前曾经所在的地方，如今宫殿耸立，显露峥嵘；围长粗大的花岗石柱子伸展开一片路景，通向外面的铁路世界。往昔堆积垃圾的污秽的荒地已经被吞没和消失了，过去霉臭难闻的场所现在出现了一排排堆满了贵重货物与高价商品的货栈。先前冷僻清静的街道，如今行人

---

① 《董贝父子》，第59页。

熙来攘往，各种车辆川流不息。原先在泥泞与车辙中令人灰心丧气、中断通行的地方，现在新的街道形成了自成体系的城镇，生产着各种有益于身心、使生活舒适方便的物品与设施，在这些物品与设施没有出现之前，一般的人们从没有进行过这种尝试或产生过这种念头的。原先不通向任何地方的桥梁，如今通向别墅、花园、教堂和有益于健康的公共散步场。房屋骨架和新的通道的初期预制品正装在火车这个怪物内，飞速地运往郊外。

至于附近的居民，他们在铁路最初蜿蜒伸展的日子中还打不定主意是否承认它；后来像任何一位基督徒在这种情况下都可能表现的那样，变得聪明起来，幡然悔悟，现在都在夸耀这位强大、兴隆的亲戚。布店里织物上印有铁路图案，卖报人的橱窗中陈列着铁路杂志。这里有铁路旅馆，铁路办公楼，铁路公寓，铁路寄宿处；有铁路平面图，铁路地图，铁路风景画，铁路包装纸，铁路酒瓶，铁路三明治包装匣和铁路时刻表；有铁路出租马车和铁路出租马车停车处；有铁路公共汽车，铁路街道和铁路大楼；有铁路食客；铁路寄生虫和数不胜数的铁路马屁精。甚至还有钟表那样准的铁路时间，仿佛太阳它自己已经认输让步了似的。在被铁路征服的人们中间，有清扫烟囱的工长，这在过去在斯塔格斯花园中是难以令人置信的；如今他住在一座墁上灰泥的三层楼房中，在一块油漆招牌上用金色的花体字书写广告，自称是用机器清扫铁路烟囱的承包人了。

滚滚翻腾的洪流像它的生命的血液一样，日日夜夜永不停息地流向这个变化巨大的心脏，又从这个心脏返流回去。成群结队的人们，如山似海的货物，每昼夜二十四小时几十次运出运进，在这个活动不息的地方起着发酵般的作用。甚至连房屋也好像喜欢给打包起来，外出旅行似的。奇妙绝伦的议员们二十年前对工程师们异想天开的铁路理论还曾冷嘲热讽，盘问时百般阻挠，现在却戴着手表乘车到北方去，事先还发出电报通知他们即将到达。所向无敌的机车日日夜夜在远方隆隆地前进，或者平稳地开向旅程终点，像驯服的龙一般滑向指定的、精确度按英寸计算的角落，站立在那里，吐着白沫，颤抖着，使墙壁都震动起来，仿佛它们充满了至今还没有被发现的巨大力量的知识以及至今还没有被达到的伟大目标似的。①

这种感觉的复杂性真正体现了洞察力的复杂性。所有对力量——工业革命的新力量——的自豪，都是在语言中被感知的：铁路运输是"生命的血液"。但是狄更斯也承认，这种力量凌

———————————

① 《董贝父子》，第165—166页。

驾于人类所有其他习惯和目的之上。接下来，这种承认得到了
证实：

> 一股力量迫使它在它的铁路——它自己的道路——上急
> 驰，它藐视其他一切道路和小径，冲破每一个障碍，拉着各
> 种阶级、年龄和地位的人群和生物，向前奔驶。①

铁路是"生命的血液"，同时也是"不可一世的怪物，死
亡"。在这种戏剧性的展现中，狄更斯对他那个时代新的社会和
经济力量的真正的矛盾——决定生与死的力量；导致瓦解、建立
秩序和混乱秩序的力量——作出反应。他所关心的总是如何在这
些前所未有的变化中，在这片面目全非的风景中，让人类的认识
和人性的善良保持生机。

> 甚至连房屋也好像喜欢给打包起来，外出旅行似的。②

那就是流动性，正在改变小说的至关重要的社会流动性。它
也是人与事物之间被改变的关系，被极大改变了的关系。

在这种改变了的关系中，道德分析的性质不可避免地发生

① 《董贝父子》，第 208 页。
② 同上书，第 166 页。

了变化。因此，我们很容易看出，《董贝父子》是一部关于骄傲的小说。但我们必须继续分析，进行更艰难的区分。之前我曾指出，有一种道德分析，在这种分析之下，社会是一个背景，个人的德行和罪恶的戏剧在此背景下上演；还有另一种分析模式——在 19 世纪文学的发展中越来越重要——在这种分析视角之下，社会是德行与罪恶的创造者，其活跃的关系和体制既产生着德行与罪恶，又控制它们，或者控制失败，在早期的分析模式中，这种状态可能会被视为灵魂的缺陷。

于是，要了解像《董贝父子》这样的小说，关键点在于，狄更斯在其中依靠并使用了上述两种方式。的确，在《董贝父子》这部小说的基本结构里，他做出了从第一种向第二种的决定性转变。

"我梦见，"伊迪丝低声地说，"骄傲对善良的人是毫无用处的，而对邪恶的人来说却力量无穷；我梦见骄傲在许多可耻的岁月里受到无情的驱使，结果只是伤害了它自己；这种骄傲只能使骄傲的人感到深深的羞愧，感到自己低人一等，却不能帮助他勇敢地谴责它，避开它，对它说'这是不行的'，骄傲如果引导得当，也许会产生好的效果，但是一旦骄傲失去了正确的方向、误入歧途，就像其他任何东西一样，只会使骄傲的人妄自菲薄，顽固不化，最终毁灭。"

现在她既不看弗洛伦斯，也不对着她讲，倒像是一个人在那里自言自语。

"我梦见，"她继续说着，"由于这种妄自菲薄而产生的漠不关心、麻木不仁，我梦见这种可怜可鄙、毫无用处、非常不幸的骄傲；我梦见它听从那只古老、熟悉的手指的招呼，踏着无精打采的脚步一直走到圣坛前面——哦，妈妈，哦，妈妈！——可它是根本不愿意就范的；我梦见它宁愿永远自怨自恨，也不肯每天都遭受新的刺痛。好可怜可鄙的东西！"

现在，她的心情愈来愈阴云重重，她的神情又是弗洛伦斯刚进来时看见的那副样子。

"我还梦见，"她继续说下去，"它初次作出为时已晚的努力，想达到一种目的，就给踩下去了，给一只卑鄙的脚踩下去了，但是它翻转身朝他看看。我梦见它受了伤，给猎狗追逐、袭击，但是仍旧负隅抵抗，决不屈服；不会，即使它愿意，它也是不可能屈服的，但是它却被驱使着去憎恨他，反对他，与他对抗！"

她的手紧紧地握住她怀抱中颤抖着的臂膀，而当她俯视着那张惊异的脸孔时，她自己的面容却渐趋平静。于是她说："哦，弗洛伦斯！我想今夜我几乎要发疯了！"说毕便把她骄傲的头低垂下来，伏在弗洛伦斯的颈项上，又哭了起来。①

这是一种传统的个人道德分析。本着同样的精神，在描写弗洛伦斯走进她父亲的房间时，出现了一个传统的祈求坏人从错误中醒来的段落：

> 醒来吧，无情的父亲！现在快醒来吧，郁郁寡欢的人！光阴匆匆而过，那时刻正迈着愤怒的步伐走来。醒来吧！②

然而，这并不是那种破坏性的骄傲被看见的唯一方式。"房子"在这种文明里有两种含义：一个是家，一个是工厂。狄更斯将两者的价值带入了矛盾之中，用这个词展开了第一位和第二位情感之间的典型冲突。由于工厂——一个社会性的机构，以其时代特有的自信精神进行交易——的外观从一开始就被视为一种破坏性的骄傲的创造者。在这里，很典型地，狄更斯没有动情地恳求，而是讽刺地写道：

> 普通的缩写词在他的眼里有了新的含义，而且只有一种含义。A.D. 与安诺·多米尼无关，但代表着安诺·董贝——

---

① 《董贝父子》，王僴中译，江西教育出版社 2016 年版，第 664 页。
② 同上书，第 661 页。

还有他儿子。

这是观察的一部分——具有讽刺意味的观察——"地球就是为董贝父子做生意而造的"。就是通过这种方式，社会制度与特定的社会目标，不仅重塑了物质世界，也重塑了道德世界。于是问题来了：我们据以判断这一点的天性，人类的天性，又是什么？

那死心塌地地统治着董贝先生的罪魁祸首是不是一种违反天性的性格？有时候也许值得追究一下天性是什么，人们怎样苦心积虑地改变天性，在天性被扭曲之后，违反天性之举是不是就不合乎天性了？倘若把我们伟大母亲的随便哪一个子女关在狭小的笼子里，让这个囚犯只能奉行一个信仰，而少数卑劣的策划者则站在周围对这种信仰顶礼膜拜，使之发扬光大，那么当那位心甘情愿拜倒在这种信仰脚下的囚犯看清了天性的真实全貌，他对天性将作何设想？而他自从抱住这种信仰之后很快变得一蹶不振，无能为力，连自由思想的翅膀也从来没有展开过呢。

天呵！在这世界上，在我们周围，那些极其违反天性的事物难道就这么少吗？其实正是由于其违反天性也就非常顺乎天性了！听听法官怎样教训社会上那些违反天性的流浪汉的吧：不良的行为习惯是违反天性的；缺乏礼貌是违反天性的；善恶不分是违反天性的；幼稚无知、行为不良、轻举妄动、不听管束，是违反天性的；脑子的愚笨、外貌的丑陋，一切的一切都是违反天性的。但是跟随着善良的牧师和医生去看看吧，他们终其一生每吸一口气都会危及他们的生命，他们走进他们的蜗居，躺卧在那里，川流不息的车轮声和石子路上终年不断的脚步声不绝于耳。环顾一下这乌烟瘴气的世界吧，地球上千千万万生生不息的生物都挤在这里，他们没有别的地方可去，只要稍微提一提这种景象就会使人们感到厌恶，住在邻街上娇生惯养的女士就会盖住耳朵悄声地说："我不相信这种事情！"呼吸一下那被有害健康和生命的各种不洁之物所污染的空气吧，让每一个使人类获得欣喜与欢乐的感官不堪各种心烦意乱的侵袭，成为唯有悲惨与死亡可以进入的渠道吧！你可以异想天开地以为，那些生长在这个发臭的土壤中的任何草木花朵还会像上帝安排的那样顺乎天性地成长壮大，在阳光中长出青枝绿叶！当你想起某个发育不良，脸色苍白、满面邪恶的孩子时，你可以就其违反天性的罪过而大发议论，为其这么早就远离天堂而悲叹，但是你还得稍微想一想这个孩子是在地狱里怀胎、出生、成长的呵！①

---

① 《董贝父子》，王僩中译，第702页。

看看这个问题将狄更斯带向了何方是很有趣的。从董贝的"主要恶行"以及传统意义上的"天性"开始，他接着描述了工作改变天性进而造成天性被扭曲的过程。然后，讨论不知不觉地滑进了他当时对社会最强烈的感觉：他看到城市中由于冷漠和疏忽而造成的病态贫民窟时感到恐惧：这是一个由人制造并维护的地狱。

正是在这一点上，特别是在试图回答传统的道德问题的过程中，狄更斯不仅对社会进行了愤慨的描述，而且对其目的进行了定义，我已经在上文中引用过：

噢，如果有个好心的精灵能把屋顶掀开——这是一种看穿那"浓重乌云"的方式。这样一来，个人的道德问题已经变成了社会问题，而这种表现方式显然就成了一种富有创造性的干预。在我看来，这是狄更斯所有著作的基本模式。

确切地说，我们所说的"创造性干预"是什么意思？尽管很难说清楚，我的意思是，狄更斯的道德，他的社会批判，就在他小说的形式中：这种形式以他看待那个世界中的人和社会的方式为基础。当然，对他的成就来说，这些复杂的方式比他对金钱、对贫困、对家庭以及其他社会问题的不同态度更重要。如果以"治疗"这个假设为前提来检验上述方式的治疗效果，下面这一点就再清楚不过了：狄更斯经常自相矛盾，经常迷茫困惑，用时髦的术语来说，确实常常显得无知和愚蠢。我并不是说这些观察中的任何一个都可以忽略不计，但只有当它们成为整体反应的一部分时，它们才是至关重要的。

因此有人认为，他很奇怪地对 19 世纪社会的真正力量（我和其他人都感受到了这种力量）视而不见，这些力量甚至在当时就已经开始"改善他所抗议的种种社会弊病"了。这就是最初的错误假设再次迷惑我们的地方。狄更斯当然看到了弊病，并且想要改善它们。但是，这不仅是因为他越来越觉得它们与普遍情况有关：自《董贝父子》之后，这一事实在小说更加集中的组织之中得到了反映。更确切地说，这是一种理智的看法，而萧伯纳是正确的，他说这种看法就是在"宣称，可怕的不是我们的混乱，而是我们的秩序"。

但更深入的看法是，他的总体视野，来自他的全部经验、构成他那种表达方法（他从如此众多、如此不同、如此矛盾的来源中获取了这种方法）之基础的总体视野（就像流行的激进文化本身一样），与其说是他从素材中获得的，不如说是他强加于素材之上的，这种视野在小说中贯穿始终，而且具有决定性。这出人性的戏剧，根植于这一视野并将之表现得淋漓尽致，不可避免地具有普遍性，而它的普遍性，它的整体性，是它的力量而不是弱点。如果普遍情况和作用于这种情况的力量真如他所认为的那样，那么会被其他人视为"真正的力量"的东西可能确实只是偶然现象。议会、工会、教育改革、各种公共保护立法：在小说之外，狄更斯常常能像其他人一样看待这些现象：一会儿这个观点，一会儿那个观点。但诸如此类的事情，是无法以这种方式出现在小说之中的。如果愿意，我们可以说这是盲目的：这个世界必须以一种情感至上的方式去看待和改变。然而，即便是现在，若问狄更斯眼中的人与社会的状况是否已经被我们称为启蒙的那类作品改变了许多，我们的信心还是会受到一些打击。挥之不去的孤独；对大地上被诅咒者的自觉忽视；固定的公开露面，没完没了的谈话，这背后的精力与绝望：这些也是社会事实，比与之相互作用的社会制度更难以改革。

认为人是由一个极其强大的社会创造出来的，主要会受到制度修正的影响，这种想法可能并不十分明智。这就是为什么我说奥威尔将狄更斯误认为一个"改变心意"（change-of-heart）的人是愚蠢的（尽管这是他自己外部视野的一贯特点）。"改变心意"一词现在确实主要被认为是对抵制改变的一种合理化，但这显然不是狄更斯的意思。把心灵的改变和制度的改变看作是二选一的选择，已经等于承认了一个异化的社会，因为两者都不能彼此分离，也永远不会彼此分离；其中任何一个都不能被忽略。相关的问题仍然是马克思的问题：谁来教育教育者？或者，更普遍地说，谁为立法者立法？谁来操纵这些机构？

狄更斯与马克思在许多重要的方面几乎没有共同之处。但他们对人类普遍状况的看法是一样的：

> 人的本质是人的真正的共同体。不幸而脱离这种本质，远比脱离政治共同体更加广泛、更加难忍、更加可怕、更加矛盾重重；由此可见，正像人比国家公民以及人的生活比政治生活意义更是无穷无尽一样，消灭这种相脱离的状况，或者哪怕是对它作出局部的反应，发动起义反抗它，其意义也更是无穷无尽。①

马克思在这里谈论的是异化劳动，但这种观点与狄更斯的观点具有结构上的相似。绝对的人类排斥比相对的排斥更重要，相对的排斥可以通过部分的和零碎的改变来弥补。狄更斯认为通过爱和纯真可实现的救赎，在马克思看来则是革命，这个区别至关重要。但至少，如果这种整体的变化被看作是对整体状况的必然反应，那么对有限变化的态度就会受到基本法则而不是某种视角的支配。

这无疑是狄更斯笔下人物与环境矛盾的关键所在。想想《尼古拉斯·尼克尔贝》中的这段话吧：

---

① 《马克思恩格斯全集》第三卷，中共中央马克思恩格斯列宁斯大林著作编译局编译，人民出版社 1998 年版，第 394 页。

但是目前，他想到那些经常发生的事情如何天天不变地轮流继续下去；年轻貌美的人儿如何都要死去，丑陋而多病痛的老人却摇摇欲坠地活着；诡计多端的贪婪成性的人如何变得家财万贯，而老实巴交的男子汉却又贫穷又沮丧；租用高楼大厦的人是如何的稀少，而许许多多人却栖身在恶臭的牛栏里，或者每天起身，夜里躺下，从生到死，从父到子，从母到女，一族又一族，一代又一代，没有一间寄身的小屋，也没有一个人来致力于援助他们；就在这座城市中，有的是妇女和孩子如何在谋求一种不是极其豪华的生活，而仅只要一个最凄惨而不适当的生计，和贵族家庭的高等人一样被定期地分成等级，标上号码并估价，从婴孩时期起就被培养去干坏透了的犯罪交易；无知如何受到惩罚而从不受到教育；监狱门如何张着大口，绞刑架赫然耸立，因为无数人被阴沉沉地笼罩在他们的摇篮上空的环境所逼而走向它们，否则他们是大可以正当地谋生，和平地生活的；许多人如何心灵已死，没有活下去的机会；许多人如何即使甘心那样邪恶，也几乎不可能走上歧途，却傲慢地置那些被压垮、被打倒的可怜虫于不顾，这些可怜虫别无选择，他或她如果干得好，竟然比干得糟更可算是创造了奇迹；有着这么多的不平、痛苦、邪恶的事，然而地球如何仍然年复一年地转动，既不注意也不关心，并且没有人来设法加以补救或纠正。每当他想起这一切，并从大量事件中选出一件他的思想所集中的小事例时，他觉得的确已经不存在什么根据能寄予希望，不存在什么理由使这小事例在不幸与悲痛的事的巨大聚集体中不构成一个原子，不增加一个无足轻重的小单元使之扩充成巨大的数量。①

这种精心概括的、使某些人乐于称之为激情咆哮的描述，就是一直以来狄更斯眼里的普遍状况。当然，其中包含着决定论：环境造就邪恶。对此，不可避免地会有人道的回应：在没有人寻求"补救或纠正"的地方提供帮助；教导无知，而不是惩罚无知。但整个描述表现出一种系统性：等级划分；粗心与冷漠；忧虑和悲伤的集合。

因此这是一种社会状况，但从某种程度上看，它也是一种人类状况。抱怨美的垂死与丑的存活，在今天那些认为自己已长大成熟而不再接受社会批评的人看来，是"在批判生活"。但是，最成功的社会批评总是不可避免地对生活进行着批评。如果狄更斯相信，不单"有毒的笔"和"堂皇的房子"是这个系统的产物，美的死亡和令人揪心的丑的存活也是，我们怎能十分确定他是错的？指出他陷入了不同事实带来的困惑之中，处于某种愤

① 《尼古拉斯·尼克尔贝》，杜南星、徐文琦译，上海译文出版社 1998 年版，第 810—811 页。

怒的"普遍情绪"中，将是很容易的。但死亡与存活，尽管可能
被视为绝对，却几乎总是与生活的普遍状况相关。把社会批评推
到那么远，就是超越了通常被认为是社会批评的范畴，而不是超
越了社会经验。此外，如果"巨大的痛苦和悲伤的总和"被视为
人类的一种状况，在这种生活方式中，它会被视为一种回应，而
不仅仅是承认。这一幕之后，尼古拉斯"慢慢焕发出了他全部的
能量"。这就是狄更斯几乎总是通过介入的方式努力去做的事情。
他经常相信，是因为他必须努力相信，好环境会造就好性格，从
而帮助不幸的人。但在早期的小说中，他就已经不能将其视为普
遍的事实了。富裕安逸的人傲慢地转身离开，从《董贝父子》以
后，我们看到了一个社会体制，在这个体制中，转身离开既是环
境的产物，也是痛苦的产物。在后来的小说里，冷漠的确是这个
体制及其价值观主动教导人去学习的一件事。

　　然而，在这个体制的重压下，并没有什么显而易见的原因，
转向也发生了。指出下面这一点是很容易的：在定义了一种作为
美德和邪恶之源的社会环境之后，像在《小杜丽》中那样，狄更
斯又几近魔法般创造了美德，而那创造美德的环境在其他人那里
却孕育了邪恶；他要么通过使一种非凡而惊人的仁爱之心发扬光
大，压倒体制的决定论而制造慈善，要么经常通过有计划的、无
法解释的退出体制的行为，让人们突然就得到了慈善。

　　作为社会观察，我们可以相信或不相信它，但是尽管它具

有奇迹的性质，它仍然是那种偶尔会发生的奇迹：爱或能量的绽放，用我们已经习惯的描述人的方式（通常是在同一体制的影响下）是无法解释的。也就是说，除了几乎被这种普遍的环境摧毁的人性之外，爱与纯真找不到任何理由。我们可以看到，在一个可描述的系统中，对人的排斥毕竟不是绝对的，否则，称呼所谓异化的人就是没有意义的；那里将没有任何东西可异化。那种不可摧毁的纯真，那种奇迹般介入的善良，是狄更斯如此依赖的东西，也被当作多愁善感而随随便便地一笔勾销，但这种品质是真实的，**因为**它是无法解释的。毕竟，可以解释的是系统，那个被有意或无意地创造出来的系统。相信人类的精神存在在根本上甚至比这个系统更强大，这表现了一种信念，但表现的是我们对自己的信念。坚持这一点对狄更斯来说变得越来越困难，这并不令人惊讶，但直到最后，在日益增长的压力下，他都不仅在言说这种信念，而且在促成其实现。

我们必须从这个维度评价他对人物的塑造。有一个重要的批评上的困难在于，人们说他把人简化为漫画，还有他笔下女主人公那种"不可思议的纯洁"所表现出的"感伤癖"。但在狄更斯公开而有意地创造出来的这个世界里，人们被剥夺了所有惯常的身份，然而矛盾的是，这种剥夺又是一种解放，在这个世界里，可能产生最奇妙、最独特的成长。人们必须界定自己和自己在这个世界上的位置——这是他特有的模式：

"萨默森小姐，我目前在肯吉-卡伯伊事务所的薪金是每周两英镑。当我第一次有幸遇到你的时候，那是每周一英镑十五先令，这个数目已经保持了很长的时间。可是那次见了面以后，就加了五先令，而且还得到保证，经过一个时期以后，也就是说，从那时起，不超过十二个月，还要加五先令。"①

"我看准你姐姐已经拿定主意，愿意嫁到这个铁匠铺里来了，我就正式提出要跟她做终身伴侣，要她和我一块儿上教堂去请牧师证婚，同时我跟她说：'把那个可怜的娃娃也带过来吧。愿上帝保佑这可怜的娃娃。铁匠铺里也不多他一个人！'"②

"确实没有联系对不对我也从来没信过我这个人就是这样往往轻易就信了因为没有别的解释我也就信了，哎呀过去真有过的亲爱的亚瑟那肯定是的不能叫亲爱的也不能叫亚瑟不过你是懂我的意思的那个时候一个妙主意能叫某某人的眼前一片灿烂等等不过现在眼前是一片雾蒙蒙的什么都已经过去了。"③

---

① 《荒凉山庄》，黄邦杰、陈少衡、张自谋译，上海译文出版社 1998 年版，第 162 页。
② 《远大前程》，王科一译，上海译文出版社 2011 年版，第 52 页。
③ 《小杜丽》，第 744 页。

"摆在我们面前的是什么东西？是吃的东西。朋友们，我们需要吃的东西吗？我们需要。朋友们，我们为什么需要吃的东西呢？因为我们是凡人，因为我们是有罪的人，因为我们是地上的人，因为我们不是天上的神。朋友们，我们能够飞吗？我们不能。朋友们，我们为什么不能飞呢？"①

这种对爱与善的强调往往是孤立的，也往往是荒谬的，但贯穿其中的是一种自相矛盾的能量。这强调当中没有传统的解决方法，尽管并不缺少习惯用语，这些词语抽象重复时，会因为放错地方而变得滑稽可笑。但同时，这强调也是一种释放，即便在最滑稽怪诞的时候也是压抑不住的，最重要的是，还是多种多样的。正是在这个矛盾的维度上，狄更斯以一种比任何规范的刻画都更清晰、更敏锐的方式，以他的总体视野创造性地描写了普通的人类状况。这种描写的许多技巧来自于流行的新闻，包括来自流行插图和漫画、来自戏剧的"警察形象"。来自戏剧尤其是情节剧的技巧，也起到了平衡作用：确立天真而纯洁的单纯人物。他们不是普遍信仰时代的道德人物，而是个性与成长相互矛盾的时代中的戏剧性人物，在这个时代，作为爱与善的一种强调和干预，这种人类最单纯的品质，必须刻意加以保持。这是一种情感

---

① 《荒凉山庄》，第343—344页。

结构，其中有他与他那个时代的流行文化共同的优点和缺点。

与此同时，通过将这种情感结构转化为详尽的情节，狄更斯遇到了对自己的艺术来说非常具体的问题。有些时候，情感对其借以释放的对象和情境来说似乎太过强大，经常越过强烈与荒谬之间的界限，更不必说那些戏剧性结构暂时无法支撑情感而只是加以记录和模仿的场合。写作中出现类似这种失败的地方，我们只能注意并加以思考。但是当意义重叠时，通过分析，我们就有可能避免一些错误。下面是一个复杂的例子：

> 这位已过中年的年轻绅士也是一位颇有资财的绅士。他把他的财产用于投资。他带点外行味儿，趾高气扬地走进伦敦商业区，出席经理会议，还经营股票交易。正如他们这一代人中的有识之士颇为熟知的那样，股票交易是这个世界上唯一值得一做的事情。不必有祖宗，不必有确定的性格，不必有教养，不必有思想，不必有礼貌，有股票就行。有足够的股票可以参加某某公司的董事会，可以在伦敦巴黎之间穿梭往来，办些神秘莫测的事务，可以让你成为一个伟大的人物就行。他从何处来？股票。他往何处去？股票。他的趣味何在？股票。他可讲任何道德原则？股票。什么东西把他塞进了议会？股票。也许他本人从来不曾取得任何成就，从来不曾倡导过任何事情，也从来没做出过任何事情！只需千篇

一律地回答：股票。呵，强大的股票！①

　　的确，"在 1866 年危机之前的几年里有特殊的力量，这场危机见证了奥佛伦格尼公司的倒闭"② 这段话，是通过参考几个人物的职业生涯被整合到小说当中的。但我们不需要否认这些观点来提醒自己，这种将抽象物转化为戏剧力量的本领，正如我们所看到的，是狄更斯所有社会视野中的一个主要元素。正是在这里，"夸张"的问题是最难解决的。股票交易真是与这个世界有关的一件事吗？难道他们那一代人当中的智者也相信这个？这就像《尼古拉斯·尼克尔贝》那一段里"没有人寻求补救或纠正它"这句话，最不经意的观察也能发现一千个反例。那么狄更斯是不是不公正呢？这样的角色可信吗？

　　但这里的角色是股票。问题不在于股票资本作为一种手段，是会带来经济繁荣，还是会导致奥佛伦格尼的崩盘。股票体现的是一个人拥有什么样的生活质量，什么类型的关系（那一再重复的大写字母③ 很重要，就像"董事会"中再次强调的那样）。与其说它是一种孤立的经济手段，或者人物的一个孤立的侧面，不

---

① 《我们共同的朋友》上卷，智量译，华东师范大学出版社 2013 年版，第182 页。

② 1866 年 5 月，一场流动性危机席卷伦敦货币市场，致使当时英国著名的贴现公司"奥佛伦格尼"倒闭。

③ 原文中出现股票一词"Share"时，首字母全部大写。

如说它是一种从人那里分离出来的，自由行动的力量，尽管显然是由人创造的。它反过来又创造行为、原则和权力：这就是关键，社会观察确实是必不可少的——这是个**常规**的条件。戏剧性元素（由股票形成的）构成的矛盾，就像书中的垃圾堆和那条河，以及生活在其中的孤立又冲突的人物一样，被狄更斯以意图明确且很有价值的方式解决了。如果你详细地去问这一股和那一股是如何运作的，或者生意是如何以及为什么兴衰起落的，你是置身于戏剧之外，但是你在与现实的一种接触中获得的东西，就在另一种接触中失去了：了解了详细的运作方式，却错过了狄更斯对他所洞见的整体经验的戏剧化描写。

这当然很容易做到，更不必说奥佛伦格尼了。一旦得到了自己的戏剧性形象，狄更斯就会举整本书之力来描述它。公认的贵族价值观的常用语——"家世，名声，教养，思想，举止"——都遭到了资产阶级价值观（"取得成功，创造，生产"）的厉声鞭挞。那么，这些词是用来反对股票的吗？这是狄更斯的意思吗？但他究竟持哪一种价值观，或者说是两者皆有？从最初的感觉——股票正在取代人成为世界的积极创造者——开始，这段话里就有一个两种话语意义转化和覆盖的快速过程。这就像莫多尔身边的幽灵在对"兜圈子部"的大祭司们慷慨陈词一样——"这些就是你所信赖和尊敬的标志吗？这脑袋，这眼睛，这种说话方式，这人的口音和举止？"这简直就像是马修·阿诺德在说话。那幽灵代表着总体视野；这些话就来自那本书。在某种意义上，一旦加入了情节，任何一本书都能达到同样的效果。当然，这么做的主要是卡莱尔，还有愤怒的、讽刺的、激进主义的科贝特。但是还不止于此，关于经济效用的提议（如房子所表现出来的）；来自罗伯特·欧文的建设性建议（性格会因环境变化而立即改变）；对有组织慈善的呼吁和反对慈善的长篇大论；对圣经的追忆；来自当代新闻报道的细节；统计数据和反对统计数据的长篇大论——把所有这些零零碎碎的东西联系起来，看看它们之间是多么矛盾，人们就很容易认为狄更斯是不可靠的；确实已经有人这么做了。但可靠性归根结底在于他的总体视野，这种视野是深刻而非凡的。从表面上看，理论的混乱和惯用语的碎片，就是这一时期英国大众激进主义的特征；这种一直存在的混乱，在历史上具有非常重要的意义，狄更斯甚至散播了这种混乱。但是，狄更斯对价值观的整体戏剧化，他观察世界的那种强有力的方式，使它不能不受到批评和得到回应：上述两点比任何一个明确而一致的体制都更加深入地渗透进了 19 世纪英国的现实中。

即便是这种力量之中也蕴含着最深刻的矛盾。异化这一视角有其自身的异化元素：就像在《董贝父子》里那样，由于个人受制于某种社会角色，一个孩子被毁灭了，但是图德尔和卡特尔也同样受制于他们的作者，作者用他们的职业行话来定义他们的全部现实，不仅是为了显示，实际上也是为了尽量减轻他们的压力。发牢骚的穷人那自我安抚的口若悬河与屈从于经济力量掌控的弱者绝望的口齿不清只有一步之遥，但这一步已经迈出去了。这个痛苦和悲伤的集合只要集体采取行动，就会转化为它的对立面，被视为一群咆哮的暴民。董贝为了他的方便而使波莉成了理查兹，他对波莉耍的那个花招，被米格尔斯用在了塔蒂科拉姆身上，但是现在感情的流向不一样了。好人是**我们的**人，就算其他人不一样，也只是因为他们是次要人物。金钱能使人腐化，但它不能败坏索尔·吉尔斯。董贝的房子理应垮掉，但沃尔特可以重建它。这样的例子有很多很多。当然，愤慨说出的随机的想法和道德行为的深刻选择性都必须得到承认。它们是话语转化过程中的难题，但也是伴随着一个如此单一、强烈、引人入胜和自我投入的视角可能产生的问题：这是富有狄更斯特色的缺点，我们已经认识到它的力量了。

但是，社会批判的全部价值，不仅仅是一套意见，不仅仅是一系列的改革，甚至不仅仅是习惯性的态度，而是在一个封闭的、特定的地点和时间里，对人的本性及其解放方式的一种认识——这种社会批判最终取得了非凡的成就，而且仍然十分活跃。它的确是属于文学的那种社会批判，尤其在我们自己的文明中，是属于小说的社会批判。社会学可以在普通的计量层面上更准确地描述社会状况。政治纲领可以在普通的行动层面上提供更精确的解决措施。文学可以尝试遵循这些模式，但最重要的是，它的过程并不相同，却仍然不可避免地具有社会性：一种可传达给他人的看待事物的完整方式，以及一种成为行动的戏剧化的价值观。

2

夏洛蒂·勃朗特与艾米莉·勃朗特

在 1847 年到 1848 年的那二十个月里，出现了两部既不同于狄更斯又互不相同的小说——《简·爱》和《呼啸山庄》，这在某种程度上表明了这个时期的独创性。由于夏洛蒂和艾米莉是姐妹，所以这两本小说总是被笼统地联系在一起，但是还有其他一些更特别的东西将它们联系在一起：一种对强烈情感的强调，一种我们必须直接称之为激情的全身心投入，这种激情本身在英语小说中就是非常新的。本章最终的批评兴趣在于两部小说有多么不同，每部小说所表现和坚持的方法是多么彻底的不同。但首先要强调一点，情感的强度是决定性的。

我认为，这要归因于在这片土地上，那些年里英国史无前例的动荡。后来，很久以后，则由我们将要追溯的一个过程所决定，这个过程很可能会让所谓的社会批评与所谓的心理学对立起来，或者让对贫困和压迫的反应与对爱和成长的强度及困难的反应对立起来。在后来的思想情感体现中，勃朗特姐妹的兴趣与狄更斯和伊丽莎白·盖斯凯尔的兴趣位于不同的大陆上，分属社会和个性的左右两边。但在这两部小说的经验中，并非如此。如果我们想要看到 19 世纪 40 年代的这些联系，我们需要回忆布莱克的世界：一个欲望和饥饿的世界，由反叛和僵死习俗构成的世界：欲望和满足，压迫和剥削，在一个单一的经验维度中深刻地联系在一起。

没有一个后来者能达到布莱克那种整体性，他本人也只能勉强保持。但我认为我们需要从那种情感，那种核心情感开始，这种强烈的欲望就像更易辨认的政治激进主义一样，是对当时人类危机的一种反应，一种决定性的反应。的确，珍视人类的渴望和需要，强调为他人献身，珍爱另一个人的存在，就像抨击物质贫困一样，与新兴的制度、新兴的最重要的事物发生了尖锐的冲突。真正引起争议的是关系本身：关系的一个维度因不断增加的压力而变得悬而未决且十分危险，外部、内部、持续不断的压力，在重塑、改变（这是布莱克的看法）这种最人性化、最纯粹的体验。

最伟大的浪漫主义诗歌曾经强有力地表达过对上述体验的强调。这种强调的意义在于，它在结构上连接了两种看似截然不同的情感：对爱和欲望的强烈肯定，对孤立和丧失的强烈又绝望的恐惧。由于种种原因，这种强调在小说中出现得很慢。某种世故，早些时候很容易理解（尽管我认为，从来没有像现在这样有说服力）的世故，构成了爱情的先决条件；人们发现了爱情在获得社会交换和尊重上的价值，正如简·奥斯丁小说中冷静描写的那样；或者是在正统的浪漫传奇中，作为一个可分离的元素的价值。布莱克、济慈以及雪莱和拜伦以不同的方式直接表达的东西，似乎在 19 世纪 40 年代之前就已经转入了地下，小说乃至戏剧中都是如此。在哥特小说的神秘形象中，在情节剧制造的极度紧张铺陈中，确确实实都是字面意义上的地下。勃朗特姐妹的成就在于，她们用不一样的方式重新创作了小说，使得这种激情能够直接被传达出来。

在她们之前当然有先例：作为这些新形式的要素的先例。比如骑士传奇的激情与疯狂；哥特小说的幻影和梦境：这些可分离的元素当然可以被重新捡起，仍然经常被用来将《简·爱》或《呼啸山庄》推入人们熟悉的传统中去。但我们也必须要问，这种现成的归类模式，这种社会基调，将什么东西排除在了自身之外。特别是如果我们记得，在一个更为显著的权力社会里，社会是以男性为中心的。我指的不是普遍或一般意义上的男性，而是指在这种社会里男子汉将意味着什么。直到现在，公开讨论下面这个问题还很困难，但在我看来它一直非常重要：经过了整个 19 世纪中期，通过一个改变情感（这种感情本来是可以被接受的）的过程，尤其是在新的公立学校建立其自信心培训机构之后，男人们学会了不哭，我的意思是不表现出自己在哭（即便晚至现在，哭这个词旁边都有个戒备的笑容在站岗放哨）。在两代人的时间里，不但习俗改变了，也许就连这种哭的冲动都改变了。他们教授和学习的，是一种全新而严格的控制，"自我控制"——即使是软弱的男人也不哭，他们会非常强硬，并为此感到自豪。而在他们这代人之前，有这种感觉和冲动的时候，那些强壮得多的男人也会当众哭泣。这只是许多问题中的一点：我认为，这种强硬态度与公众对男人和女人着装区别的严肃态度是相关的。在这个令人紧张的世界里，有多少传统被一群女性小说家保留了下来，又有多少得到了这群女性小说家新的肯定，确实是十分重要的。这些作家有伊丽莎白·盖斯凯尔，夏洛蒂、艾米莉和安妮·勃朗特，还有——但是看看传统习俗是如何被柯勒、埃利斯和艾克顿·贝尔，还有玛丽安·埃文斯变成的乔治·艾略特击败的吧。我认为，这种张力永远都不能被忘记。用有关变化的术语来说，它不单单是让女性的世界继续运转下去。相反，在某些重要的方面，它维持的是人的世界。

不过，这些作家同时也是女性这一事实，还有另外一个作用。人们仍然不得不费力通过家庭女教师来认识勃朗特姐妹。我的意思是，通过那些人物形象，那些令人沮丧的，仍然被认为是理所当然的形象。在女性能够以比较平等的方式接受教育之前，如果女孩们有机会接受教育，却没有足够的个人收入，她们后来就会去做女教师、女知识分子或者与之相关的事情。从中产阶级的角度来看，尤其是从男性中产阶级的角度来看，家庭教师作为一个人物是压抑的、不像女性的、寒酸的。但我会追踪那些被排挤出唯一工作机会的女孩，从简·爱和露西·斯诺，直到哈代的苏·布莱德黑德，或者劳伦斯的乌苏拉·布朗文，或者超越她们，直到境况更严重的苔丝和米瑞安。我不知道我现在有多么需要坚持打破这一刻板形象：这个扭曲的形象模糊了（其本意就是要模糊）一种特殊而又普遍的压制。但至少我们必须说，勃朗特姐妹直接了解她们那个时代的整个压制结构；她们知道这一点，并以自己的方式用力量和勇气打破了它，这让我们所有人受惠于她们。

她们以自己的方式打破了它：这就是我们必须集中关注的地方。《呼啸山庄》的力量和强度无需额外强调，已经得到了认可。《呼啸山庄》的控制，与其力量和强度同样了不起的控制，现在也得到了相当普遍的认可。《简·爱》和《维莱特》的力量也不需要更多的形容词修饰。读者们仍然会对这些小说作出回应，评论家也会追随他们；有时候评论家以相同反应附和读者，会有点不安。我想说的主要是几位小说家之间的差异：这些差异在后来的历史中具有深远的意义。首先拿《呼啸山庄》来说吧，因为它似乎是一部没有历史的小说：一部前无古人后无来者的小说。

它的结构确实独一无二，但在精神上，它绝不是孤立的；它属于布莱克和劳伦斯，尤其是哈代的英国传统。不过，它形式上最引人注目的地方，是完美融合了情感的强度与控制。英文小说中没有哪一部比它包含了更强烈、更激动人心的感情，但包含，在这里是个需要斟酌的字眼。小说给我们印象最深的，是其实际创作过程中对凯茜和希思克利夫的激情那种非常精确、非常自觉地嵌入、说明、调整。通过次要人物展开的多重叙事，复杂的时间安排，关于继承和世代的复杂情节的精确描述，都是如此刻意，如此有分寸，他们语言的主要部分是那么有意地庄重拘谨——在那么多粗糙且平易的言语和生活中，庄重拘谨的表达方式是如此繁多如此不同——以至于我们在阅读中会体认到一种异乎寻常而错综复杂的张力；即便我们了解这种张力，我们回头去看，发现这种注意分寸的、限定性的、层层推进的叙事在小说中所占的比例（在数量和重要性上）是如此之大，仍然会感到十分惊讶。无论大家同意与否，我认为只有将这一强烈情感主题进行抽象化，才能支撑对过度情感来说仍显平常的描述。然而，这个主题本身是如此深刻地一以贯之，以至于小说拒绝被简化为其他部分的总和。那些对立、克制但仍然绝对的情感，其非同寻常错综复杂的相互作用，是一个活跃的、动态的过程：没有形成平衡，而是辩证的，互相对立的。

因为部分地看到了这一点，一些评论家正确地改变了讨论的方向，从一般的浪漫主义视角——或者更极端地强调神秘主义和情节剧的视角——转而将《呼啸山庄》置于社会历史当中。当然，勃朗特姐妹确实住在一个偏远村庄，靠近一个发生动荡的新工业区的空旷荒原之上。夏洛蒂直接在《谢莉》中利用了这一经历，不过将小说中的事件追溯到了卢德运动。有人认为，同样的动荡——工业导致的新动荡，一个黑暗的、前所未有的、无依无靠的、被放逐的阶级的诞生——是《呼啸山庄》的根源；甚至有人曾说，希思克利夫就是无产阶级。但社会经验，正因为它是社会性的，并不一定只以可见的公开的形式出现。就其作为社会现实的性质而言，它已经渗透到各种关系的根源之中。在处于变化中的历史进程里，我们不需要只寻找直接或公开的历史事件和反应。真正的混乱并不一定出现在罢工或机器破坏中，它可以在那些表面的，那些实际上属于个人或家庭的经验中，同样彻底而真实地出现。在我看来，《呼啸山庄》中任何对这种正在转变的社会危机的直接提及似乎都被替换了，原因正是这样：它的真实社会经验被毫不隐讳地简化了。

我要说，进一步细读之后情况仍是如此，那不是象征性的替换，而是一种自然主义的延伸。因此，可以肯定的是，山庄和田庄之间的对比是两种生活有意识的对比：一种是暴露于荒野孤立无援的痛苦生活，一种是定居在山谷之中倍受呵护、优雅文明的食利者的生活。指出下面这一点我们根本不必勉强：当希思克利夫和凯茜顺道访问林敦家以及两座宅第之间的复杂旅程（相关联的个人和社会行动）中的许多其他地点时，这种区别就被直接呈现出来了。但是，这种社会经验是一种条件，在这种条件下，一种更精确、更彻底的探寻行动得以发生并得到了考量，没有令人信服的方法可以使语境（真实的社会描述）凌驾于人与人之间直接的、引人注目的关系之上。我们再次不得不说的是，社会经验是一个整体的经验。它的描述性或分析性特征并不优先于它在相当具体的个人情感和行动中的直接实现。如果没有这些核心的关系，《呼啸山庄》的自然景观和社会景观将是一个等待人们进入的国度，它的所有细节都等待人们去理解。它之所以成为人类景观，是因为特定的人怀着特定的愿望生活在那里，并与之联系在一起。

因此，我们不能像象征主义者或自然主义者所卷入的模式那样，从这种直接而复杂的经验中退缩。然而，乍一看，这种核心体验是如此奇怪，以至于从传统立场来看，存在某种显而易见的焦虑。

即使别的一切全都消亡了，只要他留下来，我就能继续活下去；而要是别的一切都留下来，只有他给毁灭了，那整个世界就成了一个极其陌生的地方，我就不再像是它的一部分了。我对林敦的爱，就像林中的树叶。很清楚，当冬天使树木发生变化时，时光也会使叶子发生变化。而我对希思克利夫的爱，恰似脚下恒久不变的岩石，它虽然给你的欢乐看起来很少，可是必不可少。①

　　凯茜的这些话被称为神秘或浪漫的情感铺张。但如果我们认真倾听并跟随人物行动的指引，我不知道上面那句话怎么能说得出来。那种关系的融合，那种绝对的在场，在另一个人身上绝对存在、在彼此身上绝对存在的感觉，事实上是一种日常的经验，不过当然也一直处于变化之中。在许多人的生命中，它是其他一切事情的核心现实，一次又一次发生，实际上，很多时候不需要强调：人与人关系的现实就在那里，牢不可破。

　　《呼啸山庄》被谈及最多的就是，凯茜对情感的确认是个现实问题，但正是在她的声明里，在这一行动的关键点上，某些被确认的东西也被否认了。真正发生的事情，是这个最重要的确认（不是渴望另一个人，而是渴望活在另一个人的身上；一种深度关系，围绕这种关系形成了对自我的观念，然后是对宇宙的观念）既被表达了出来，又被认为是理所当然不言自明的：这种想当然的看法极其错误，导致混乱。"一种几乎看不到的，却是必不可少的快乐的源泉"，但如果它是必不可少的，就不能假设或认为它是理所当然的，不管它是多么深藏不露。它必须是活生生的。所有的一切，都必须在它的光芒中生活。这是一种同等回应

---

① 《呼啸山庄》，宋兆霖译，商务印书馆 2015 年版，第 79 页。

的情感，一种关系：这种关系是真正的给予，而不是索取，它在任何其他东西都说不出来之前就存在，是绝对的。社会和个人，一个人的自我和他者，正是在这种关系特定的性质当中（这里是指青梅竹马，在一个地方一起长大的童年情谊），正是从这唯一的根上生长出来的。

因此，这种情感既是一种可怕的亵渎，也是一个真实的过程——处于一种生活和一个时代中的社会和历史的过程——当其必要性被看得至为深重时，即便是在压力之下，在来自他人和其他方式的压力之下，这情感仍会被认为是理所当然的；当人物从其他立场或另一种角度来看时，它其实就被搁置在一边，以便可以尝试和创造另一种现实——确实是一种表面令人向往的现实。

具体地说，凯茜嫁给林敦是为了希思克利夫所没有的东西：金钱、地位、安逸，这些可见的社会元素。她认为她可以保留双重身份：既拥有不可摧毁的身份，拥有深刻和必不可少的情感；也拥有偶然附带的身份，那暂时的、肤浅的和令人愉悦的情感。这种背叛，这种典型的错误，并没有任何不合常理之处，它可以从外部以多种方式来解释，用凯茜那种否认和冷漠的说法代替必要性与永恒性的表述，就可以解释。但人物的行动是具体的。她把希思克利夫对自己的爱视为理所当然，她嫁给了林敦，而真正的混乱——破坏、野蛮、风暴——不可避免地随之而来。在所有必不可少的关系中都发生了如此重大的裂痕，以至于任何有效的关系都要在另一代人身上，经过一段时间才能恢复。但也正因为必不可少，所以对这种情感的肯定一直存在。事实上，它超越了生活，因为它存在于另一个人的生活中，存在于一个地方的共同现实中。尽管在它应该存在的地方被否定，它仍然坚持一种超然存在：在别人所看到的东西中存在。希思克利夫接近生命尽头的时候，仍然试图生活在曾经拥有的现实之中，但因为凯茜的否认，他现在已经陷入了极度的孤绝：

> 每一朵云里，在每一棵树上——充满在夜晚的空中。白天，在每一件东西上都能看到她，我完全被她的形象所包围！最普通的男人和女人的脸——就连我自己的脸——都像她，都在嘲笑我。这整个世界就是一部可怕的纪念集，处处提醒我她确实存在过，可我失去了她！①

"形象"，"像她"：这就是情感转移，是痛彻心扉的丧失。他的感受是如此常见，我们不需要特殊的术语来形容。在另一个人的存在中找到自己的实在性，这正是人必不可少的特质：人类超越生物的特质；人际关系的特质，所有生命都源于此。剥夺了这种实在性，的确就只剩下形象和相似了，于是，就连物质的生

---

① 《呼啸山庄》，第 318 页。

命都归于停止，或者必须靠意志支撑：

> 我得不断提醒自己：要呼吸——几乎还得提醒我的心
> 脏：要跳动！①

在已有的情感和想要的生活之间，在必不可少的情感与貌
似合理似乎能被舍弃的世界之间，行动做出了选择。对于人之为
人的必不可少的情感（来自那种生命的渴望，那种已经注定的关
系）经验，被那些生活中具体的困难所挫败、转移，陷入迷失；
但又以一种深刻的令人信服的方式——正是因为这种经验必不可
少——从当时只存在于精神上的地方发出回响，反射回来：那必
不可少的情感的形象，超越了平静的、被重新安排的生活，被人
看见；人的需要，这种需要的现实感，在一个有限的缩小的世界
里，似乎挥之不去。

当我说《呼啸山庄》对它那个时代非常重要时，我并不是
指它的文献价值或那些所谓的象征意义。那种情感经验是如此直
观，没必要多加解释。它是种积极的经验，在别处被赋予了消极
的解释——用一个消极的名词——如异化，而小说中的情感真实
强烈，毫无疑问超越了这个流行语。正因为如此，这部小说表达

---

① 《呼啸山庄》，第 319 页。

的经验不仅仅是个人的欲求，不仅仅是个人的渴望。我们确实看
到了个人的强烈情感被转移，继而被限定、被观察、被解释；但
是必须拉开一段距离，换一种方式才能看到；这种情感令人信
服，但仍与其他有说服力的现实版本形成了不可避免的对立。这
就是它与表现强烈个人情感的普通小说最关键的不同之处。

例如，《简·爱》与《呼啸山庄》的共同之处，比我们现在
通常承认的要多得多。它对一些同样紧迫的主题进行了结构化的
呈现，但有一个关键的区别：它的结构原则，情感比重，是非常
个人化的。当然，这不仅仅是技术手段，尽管这一点已经表现得
足够清楚。《简·爱》以一种相当激进的方式使用第一人称，而
《呼啸山庄》则是多重人称：这首先是经验的影响，然后才是一
种方法。夏洛蒂·勃朗特小说的力量在于，以第一人称的身份与
读者建立亲密关系：从轻松友好的开头——"我为此感到高兴，
我从来不喜欢长途跋涉"——到最后的秘密分享——"我当时把
这些东西保存在心里，并在心里思考"：这些事情读者知道，但
其他人——其他人物，外部世界——都不知道。

"读者，我嫁给了他。"对读者的那番演讲，那篇极好的公
开演讲，却随着故事渐渐变成回忆，融入已知的叙述，在最后与
读者拉开了距离。但当这种经验持续时，小说中的"我"和读者
的主观立场——唯一可利用的立场——就会更加紧密地联系在一
起。从始至终最重要的东西，就是这种个人的信任，这种忏悔方

式：叙述仿佛是在私人信件或私下谈话中做出的；一种写日记、私人日记式的叙述，因而写作行为（似乎是不由自主的，但仍是深思熟虑的有意识的艺术）中包括对朋友、亲密的人、不知名却亲密的读者的意识：当这个迫切的声音持续演讲时，读者就是作者。

尽管《简·爱》的行动在任何意义上都是戏剧性的，行动和意识之间仍然存在着一种牵引力：一种将它与《呼啸山庄》联系在一起的张力和力量。要了解《呼啸山庄》的模式与夏洛蒂·勃朗特小说这种使人信服的个人模式之间的完整区别，我们需要转向《维莱特》。多重人称与意识的多样性：我认为，《呼啸山庄》的这些决定性因素与**关系**有关，与紧张激烈的关系有关，与其经历过的选择有关。当然，你可以说，夏洛蒂所有小说中的指向性推动力也是关系：一种渴望的关系，其实在《简·爱》或《维莱特》中比在《呼啸山庄》中渴望得更明显，实现得也更明显。我的意思是指欲望达成；这些关系似乎在自己安排自己。但我想说的是，这不是那种欲望，不是同一种欲望。这是非常困难的，因为这个词，情感，包含两种含义。但我曾经试图区分对另一个人的渴望与活在另一个人身上的渴望：这种区别在《呼啸山庄》中就很明显地体现出来了。对另一个人的渴望可能是非常强烈的，当然它会受到世界上所有意外的影响：死亡、丧失、干扰、误会——这些一直都很重要，但还有那些更艰难的经历——他与另一个人联系在一起，爱上另一个人；习俗、法律、财产隔在两个人之间；或更有甚者——这种情况并非不寻常——渴望着一个不会再回来的人，不会回应自己的人；但是渴望仍然强烈而痛苦地存在。而渴望活在另一个人身上：我不说它更好，因为它发生得太早，根源太深，不适合这种评论。我之所以说它不同，只是因为它是一种关系：我的意思是一种已经成就的关系，其他任何事情都在其次。它是一种必然的关系，在这种关系中，自我，世界，会立即得到发现和确认。这种关系当然会被打破，灾难性地打破。此类情况一直在发生，暴力就是如此实施的。这与找不到另一半，找不到渴望的对象，失去所有物或者失去想要占有的东西不一样，完全不一样。这些失败和损失是如此令人崩溃，以至于我们很容易将它们混为一体，但基本的过程一直都不一样；问题的关键在于，这种生命的联系到了什么程度，是多么必不可少。

在他动身之前，我还要去见见他吗？他还会把我放在心上吗？他会不会打算来看我呢？他会在今天——在下一小时里到来吗？或者，我是不是必须再试试长时间期待的一点一点地受折磨那种痛苦——那种和友好关系最终决裂的剧痛，那种默默无声的、难受得要死的绞痛呢？这种绞痛把希望和怀疑一起连根拔掉的时候，动摇着生命。而那只横施暴虐的手无法被人抚摩，使之手下留情，因为互不见面已经设置了障碍。①

在《维莱特》的这段话中，夏洛蒂抓住了一种受挫和等待的经验——这与我所说的秘密的分享密切相关：不是公开的过程，而是特定的当下的经验。尽管它可以概括为——"那种默默无声的、难受得要死的绞痛"。这确实是她的力量所在。《维莱特》的表达与《呼啸山庄》中的任何一段都非常不一样，因为它的基本构成——叙述的结构——完全不同：不是多重的、多样的、限定的、模糊的，而是主观的、单一的、直接的：

　　我该怎么办呢？啊！我该怎么办呢？现在我整个一生的希望就这样从我这颗被撕裂、受害的心中连根拔去了！②

这就是确切的运动轨迹：对自己反复提出的那个问题，也是对读者、对分享者提出的具体问题，复杂问题；然后是修辞上的拓展，试图命名这种共同情感：

　　青年人所珍视的希望，支持并且引导着青年人前进的

① 《维莱特》，吴钧陶、西海译，上海译文出版社 2013 年版，第 638 页。
② 《维莱特》，第 591 页。

希望，我不了解，也不敢了解。假如那些希望有时候叩击我的心扉，那么一根不好客的把门的闩必然会在里面闩上。在希望被如此拒绝而转身走开的时候，伤心的眼泪有时夺眶而出；然而这无法可想，我不敢招待这样的客人住宿。对于专横无理这样的罪过和弱点我害怕得要命。笃信宗教的读者啊，关于我刚才写的那些东西，你会长篇大论地对我谆谆劝诫一番吧；道德家，你也会这样；还有你，严格的贤人；还有你，禁欲主义者，会颦眉蹙额；还有你，玩世不恭者，会冷嘲热讽；还有你，享乐主义者，会笑不可抑。嗯，你们这些人，随你们的便吧，我接受你们的讲道、不满、冷笑和笑声。也许你们是对的；也许，处在我的境况，你们就会像我一样错。①

我要重申，这是有意识的艺术表现。真正的读者，体会到这些另类反应的真正的读者，与作者是有距离的，是被点了名的；或者换句话说，那些观察、质疑、批评的反应是与作者有距离的，因此作者与读者——唯一真正被作者放在心上的读者——的有效关系可以在经过"处在我的境况，你们就会……"和"也许你们是对的"这种亲近之后重新回到之前被忘掉的那种距离；

———
① 《维莱特》，第199页。

"你们就会像我一样"。"犯下罪过？"[1] 但是，根本不会出现道德家或贤人所说的那种罪过出现。"罪过"是在忏悔之中，极隐秘的忏悔之中出现的表述：如果真会发生的话，也只不过是一个过错，发生在一段完全被坦白、全盘被接受的经历之中。

从这个早期的例子可以看出，（让读者与作品产生共情）的过程中有非凡的技巧。我引用的问题——"我该怎么办？哦！我该怎么办？"——都是正在讨论且被搁置的问题，在叙述推进之前，几乎都会为了读者的反应而暂停，把许多可能性囊括进来：

> 我真不知道当时我究竟会怎么办了，要不是来了一个小孩子——全校最小的孩子——她单纯无知，浑然无觉，突然闯进了我这内心冲突的怒涛翻腾然而表面平静的中央。[2]

"怒涛翻腾然而表面平静的中央"：这就是我们在《维莱特》里听到的。那是一种未被表达的孤独感，现在找到了表达的方式。比如维莱特绝望地等待一封信，穿过教室所有的噪音，想找

---

[1] 原文为 you would have been, like me, wrong. 译文将 wrong 翻译为"错"，但文中作者曾提到专横无理的罪过，表明自己只是无心的过错。结合上下文，这里译为罪过。
[2] 《维莱特》，第 591 页。

个安静的地方去读：

"信会是很长的吗？——还是很短？"……很长。

"信会是很冷淡的吗？——还是很亲切？"很亲切。

这个过程是瞬间完成的，没有作者在前面带领；就像是那封信本身要在某个安静的地方独自阅读一样，在那里，关系和分享都是直接的。我一次又一次地注意到——你们可能都注意到了——把《维莱特》读出来，当众读出来，是多么困难，因为那不是它的世界。

> 我这个可怜的英国女教师，待在冰冷的阁楼上，借着在寒风中摇曳的暗淡的烛光，看一封……信……对于我的渴望和殷切的盼望来说……①

这是一种亲近，一种认可：就像图书馆里书页边上的标记——秘密的分享，表示赞同。它很容易被破坏，容易到危险的程度，正如我们很容易感觉不到那个标记，那个分享，那种无声的认可和那段引文意味着什么一样。

我只是想解释一下《维莱特》，表明它与《呼啸山庄》的不同之处。在《呼啸山庄》中，光线从各种不同方向、以各种不

---

① 《维莱特》，第 318 页。

同的方式倾泻在一种开放的、众所周知的强烈情感上：通过精细观察和时间的考验，人物之间情感关系的强度得以延续并坚持下来。

最后我要说的是，夏洛蒂显然以一种其妹所没有的方式站在了传统的最前沿。我认为这部小说具有历史意义，当我们开始反思时，它代表一段至关重要的历史。因为《维莱特》的方法，就是我曾冷冷地为之命名的个人辩护式虚构。我的意思是，小说中唯一重要的情感，以及作者与读者的关系，就在于那种明确的强调，那种第一人称强调："就像我一样。"这强调实际上是想说：如果这世界看到我的所作所为，它会以某种方式来评判我，但如果它知道我的感受，它就会对我有完全不同的看法。这样一来，这种形式特有的弱点就变得非常显豁了。小说中那些处于这种塑造、渴望、索取的意识之外的个人，只有当他们对景观、情感的景观，对那个提出个人辩护的人物有所贡献时，才具有现实性。那就是我们对这些人物的全部认知，我们对夏洛蒂仅有的真正的认知，不过是一些异乎寻常的事情已经以小说的名义完成：利用他人，责骂他人；对话语的精细分析——罔顾那么多其他话语，其他的需求和现实——作为一个囊括一切的声音，一个为这种经验辩护、恳求理解、排斥替代选择（可替代的声音，可替代的视角）的声音，一路走来并创造了小说自己的世界。我认为，这让我们现在回头看《维莱特》的时候带着某种敬畏，某种小心。当然，它旁边的《呼啸山庄》是鲜活饱满并向世界敞开的。但《呼啸山庄》独特的力量就在于那种直接的、个人的、创造性的形式：包容开放地分享之前未被说出的声音，反对另外那个扩张的、混乱的、断言一切的世界。

3

乔治·艾略特

乔治·艾略特曾经说过，夏洛蒂·勃朗特的《维莱特》是本"比《简·爱》更精彩的书。它有一种近乎超自然的力量"。这种赞赏并不符合我们通常对英国小说发展的解读，但它很重要，意义重大。从露西·斯诺到玛吉·特利弗，毫无疑问，这些被孤立的女孩在孤独和受挫方面有着家族相似性。而"近乎超自然"的，指的是这种私密的情感、激烈的告白和令人难以抗拒的作用。

玛吉深深地吸了一口气，把她那浓密的头发掠向耳后，仿佛想要把一个突然出现的幻影看得更清晰些似的。[1]

然而，这种强烈而孤立的"幻象"感，与现实地理解日常世

---

[1] 乔治·艾略特：《弗洛斯河上的磨坊》，伍厚恺译，四川文艺出版社 2018年版，第 316 页。

界的需要深深联系在一起。

> 她需要的是对这种艰难的、真实的生活做出某种
> 解释。①

这并不是自相矛盾。这是最伟大的浪漫主义诗歌的情感结构
出现在了小说中：既致力于个人视野，又热情关注平凡生活的社
会经验。《弗洛斯河上的磨坊》的关键段落之一是在第四卷的第
三章：

> 长着小姑娘的脸蛋、怀着无人注意的悲哀的玛吉，正
> 是因为被带进了这种声音的经久不息的震荡中，才找到了一
> 种努力的方向和一种希望，帮助她度过了许多寂寞孤独的年
> 月，并为自己确立了一种信念，而未曾借助于既定的权威和
> 特别的指导者——因为她身边没有这样的人。②

很有个性的她，正在读中世纪作家托马斯·肯皮斯关于

---

① 乔治·艾略特：《弗洛斯河上的磨坊》，伍厚恺译，四川文艺出版社 2018
年版，第 311 页。
② 同上书，第 319 页。

孤独的隐痛、挣扎、信任与胜利的历史。[①]

情感的旅程似乎很简单，但作为流程的一部分，尽管语调有所改变，却出现了这样一段话：

在写粗鄙过时的人家的历史时，作者很容易使用一种感情过于强烈的语气，这同上等社会的谈话风格相去甚远。[②]

这里突然联系在一起的（没有"既定的权威"或"特别的指导者"的指引），是强烈的孤独感和平凡生活的艰辛：我们可以在某种重要的双重意义上，在她接下来使用的一个词（她的**需要**又是那么急迫）中，最充分地描述这种联系。通过这种方式，乔治·艾略特的早期作品不仅与勃朗特姐妹，而且与浪漫主义传统中最强大的部分直接联系在一起，在这种强调和联系之中取得进展。我们必须考察的是关系——非常困难的关系——在乔治·艾略特小说的进程中，那种强烈的个人情感（实际上常常是隔绝、孤立的）与超出个人的、对普通群体的现实观察和同情之间的关系。

我们可能首先会问，这些体验之间的联系，只是历史性的

---

① 《弗洛斯河上的磨坊》，第 317 页。
② 同上书，第 318 页。

吗？在真实的青春期和现在的回忆中，那种孤立强烈的个人情感与普通劳作生活中实实在在的共情感，只是碰巧都出现了吗？当然，当整个结构具有追溯性时，内部关系会更简单。这显然与乔治·艾略特将她的大部分小说设定为回溯过去有关。但更关键的问题是，真正实现的普通生活给人的那种共情感是什么样的。这直接关系到一个问题，在我看来，这个问题在后来的英语小说发展中起着核心作用：**有教养**的生活与**习惯的**生活在情感和形式上的真实关系。

我们可以举个大家熟悉的例子。人们常说，《亚当·比德》里的朴瑟一家，或者《弗洛斯河上的磨坊》里的格莱格一家和多德森一家，都塑造得非常出色（替代词是亲切、丰富、迷人）。但在我看来，这似乎指向的是作家的社会意识中反复出现的一个问题。乔治·艾略特与农民和工匠的联系——她作为玛丽·安·埃文斯与他们的联系——在他们的语言中可以被反复地听出来。她表现他们的典型方式主要是通过说话。但是，当他们作为一个出声的群体而存在时，他们只有在重要的情节中出现——也就是说，在情节而不是在小说的概括背景中出现时——才能发生性质上的改变。亚当、黛娜或赫蒂作为个体行动时，说的话并不是特别令人信服。因此，农民和工匠可以被视为"乡下人"，却远不及作为个人经验活跃载体的人物那么重要。当亚当、黛娜和赫蒂在本该是个人危机的情况下谈话时——后来有个更明显的例子，即费利克斯·霍尔特谈话时——就被转换成笼而统之的态度或慷慨陈词的风格。换句话说，尽管乔治·艾略特恢复了英格兰乡村的真正居民在社会选择性景观中的位置，但她除了将他们还原为**景观**之外，并没有走得更远。他们开始像一个集体那样说话；就像仍与他们保持距离的中产阶级评论家所说的那样，以所谓合唱的方式，以一种"民谣元素"出现；就像已完成的"角色们"（这个批评术语是精准的，尽管不是取其通常的含义）那样，因为就其本身而言，他们仍然只是社会性存在，只有通过外界明确表达的态度和想法才能进入更高的意识。

我不会费力阐释这一论点，因为困难很大。这是乔治·艾略特在接受和发展小说形式过程中的一个矛盾之处。我们不愿意丢掉朴瑟家、格莱格家和多德森家，但重要的是，我们可以用这种复数的方式来谈论他们，而小说的情感方向却越来越倾向于独立的个体。

这是一段真实的历史：确实是文学表现历史最明确的例子之一，而这段历史并没有以任何重要的方式被清晰地表达或记录下来。一旦我们要承担历史的全部分量，它就会变得非常复杂。孤立的个人有一种强烈的感觉：孤立首先是由这种感觉的结构使然，因为当他体验个人生活时，他观察的主要是社会生活。然而，在一个由出身和地域决定人命运的社会里，观察得越认真，对需要的强调就越坚决。这种孤立和同情之间的冲突产生的根源在于观念：意识，社会意识，就是一种个人的需要——

　　　　她需要的是对这种艰难的、真实的生活做出某种解释。

　　我们已经观察到了两种情况：强烈的个体需要和渴望；得自总体观察的同情心。现在我们必须加上第三种意识，即理性的意识，也即个人和社会发展的一般产物，其作用是启发和说明个体的渴望与普遍的观察，但首先是对两者加以调和。乔治·艾略特的天才在于，她将自己完全彻底地暴露在这整个范围之内。她的每一种能力在之前的小说进程中都有先例，但涉及这些能力的结合——下一个艰难的创作阶段所必需的结合——她却没有先例可循。面对各不相同且相互冲突的行为和方法，她必须自己创造一种新的形式。她必须在写作的肌理中，在小说的基本结构中，解决语法上的冲突："我""我们"和"他们"的冲突，以及在某种程度上不可避免地取代它们的非个人结构之间的冲突。

　　这是她与狄更斯的必要对比：任何对 19 世纪英国写作的严肃分析都必须以这种对比为中心。狄更斯立场的优势在于，他可以立足于现有的社会形态：立足于城市大众文化，这种文化融合了优势和劣势，有一种有效的、可直接交流的语法。但乔治·艾略特的社会形态充其量只是刚刚出现：它是我们与自己的世界联系的保证，其中每一个独立的过程都发展得更深更远，但在她自己的世界里，冲突不断，以不同的方式牵引着，在她必须写的每一个故事、几乎每一句话中，都设置了有意识的问题。正如我们已经看到的，她扩展了小说中的共同体。她将个人道德分析的习语扩展为一个世界，在这个世界里，道德既是个人的也是社会的：生活方式的特质体现在人的特质中。她面临的新问题，是内心深处的强烈幻想，内心深处的不安，还有艰难的真实生活。

在简·奥斯丁的作品里，小说家的用语与人物的用语紧密相连，而在乔治·艾略特的小说中，两者脱节则是最明显的事实，小说家本人也敏锐地意识到了这一点。或者比较一下夏洛蒂·勃朗特的风格吧，后者保持着强烈的情感，但切断了情感与干扰性或控制性意识的联系；让单一的情感贯穿始终，却以放弃任何扩展、任何观察为代价。相比之下，乔治·艾略特将情感和意识结合在一起，但是显然很不容易。小说的结构中出现了一种新的断裂：在小说家的叙事习惯和人物的语言之间；在分析性风格与过分强调情感之间。

大多数小说家都在前进，但乔治·艾略特，我想说，如果她要继续描述这种整一而又不和谐的经历，那就几乎每次都要创造一种新的形式。如果在观察这个过程时，我们看到了（我们必须看到）某些严重的失败，我们只能把它们归结于这种潜在的和转变性的增长和扩展：在一个创造性和实验性的过程中，她动用了自己全部的力量。

我认为，这就是看待她作品中作家的意识与可知共同体之间的关系的正确方式：在我看来，这种关系就是这段历史的关键。让我们来续完之前提到过的《弗洛斯河上的磨坊》中的这一段。

在写粗鄙过时的人家的历史时，作者很容易使用一种感情过于强烈的语气，这同上等社会的谈话风格相去甚远，在上等社会里，原则和信仰不仅属于极其温和稳健的一类问题，而且总是预先假定好了的，只有那些能用轻松而优雅的讽刺口吻来谈论的话题才适宜。然而，上等社会有红葡萄酒和天鹅绒地毯，有长达六个礼拜的宴会安排，有歌剧和仙境般的跳舞厅，上流人物骑着纯种马消遣解闷，在俱乐部里闲荡厮混，要躲避淑女们的裙裾卷起的旋风，要从法拉第那里学习科学，从只有在最高贵的人家才能碰见的优秀牧师那里获得宗教——他们怎么会有时间或者有必要去追求信仰，并且产生强烈的感情呢？不过，乘着轻松嘲讽的薄纱般羽翼漂浮着的上等社会，是一件非常昂贵的产品，它所需要的正是广大勤苦的国民挤在臭气弥漫、震耳欲聋的工厂里，关在矿坑里，在熔炉边流汗、碾磨、捶打，在不同程度的碳酸气的窒息下纺纱织布——或者是，散布在牧羊场上，零落居住在黏土质或白垩质麦田边的荒凉的房舍和棚屋中，在这些地方，下雨的日子显得特别凄凉。广大国民的这种生活就完全建立在强烈感情的基础上——那是对基本需求的强烈感情，正是它促使人民去从事一切能维持上等社会及其轻松嘲讽的必要的活动。①

我认为，关于这个令人难忘的论点，我们不得不说，这既是个普遍的问题，也是种个人的反应。毫无疑问，对基本需求的强调是乔治·艾略特小说的中心，她如实看待勤苦国民的工作，对城镇工人和乡村工人没有任何感情上的区别。这种强调是一种阶级情感：这就是她所承认并接受的东西。但随后必须注意的是，她写到这种情感时又带着自己特有的讽刺意味；她在强调的过程中表现出戒备和不自在，因此在这种交流结构中，赤贫的人变成了"不时髦的"。她强调基本需求但也敏感意识到其他，这种严肃性和她常用的那种轻松嘲讽的语调，既是一种语言上的相悖，也是共同体上的相悖②。我们在《亚当·比德》的两个典型段落中再次发现了这一点：

　　如果可能的话，给我们画一个天使，穿着飘动的紫色

---

① 《弗洛斯河上的磨坊》，第318页。
② 上文中威廉斯指出艾略特对穷人怀有同情，但在语言上又流露出特有的讽刺，这种讽刺恰恰是她在小说中嘲讽的上层社会的语言风格，因此，乔治·艾略特在共同体认同上是也矛盾的，同情穷人，又不属于穷人，批评上层社会，又生活在其中。

长袍，在天上圣光的照耀下脸色苍白；再多给我们画一些圣母玛丽亚肖像，她温柔的脸仰望天空，张开双臂迎接上帝赋予的荣光。但是不要强加给我们种种审美原则，从而将以下事物驱逐出艺术的领地：比如用干活磨粗糙的手擦洗胡萝卜的老妇人，在昏暗的小酒馆里休憩的粗笨的乡下人，那些有着宽广的脊背、呆滞而又饱经风霜的脸庞挥锹干粗活儿的人——以及那些有着锡铁制锅，褐色水罐，毛茸茸的杂种狗以及一堆堆洋葱的家庭。在这个世上有太多这样粗鄙的普通人，他们没有那些充满诗情画意、多愁善感的烦恼！但我们很有必要记住他们的存在……①

我很想念克斯特！对此我一点也不会不好意思承认。你我都得感谢这些手上长满老茧的人。他们的双手早已和他们辛勤耕种的这块土地融为一体了。他们勤劳节俭，对收获的果实物尽其用，自己得到的报酬却微乎其微。②

这段宣言又是严肃且坚决的，但是在焦急地恳求"不要强加给我们种种审美原则，从而……驱逐"时，作者是在对谁说话呢？是谁订立了"你和我"的契约，而谁必须以欠债一方示人？最后，是谁激发了一种意识，这种意识需要承认"我并不以想念

---

① 《亚当·比德》，第159页。
② 同上书，第466页。

克斯特为耻", 还要接受与 "乡下人" 和 "呆滞而又饱经风霜的脸庞" 相关的语言, 这种意识与厨房的温暖记忆和关于工资的真相古怪地混合在一起, 坚决拒绝 "那些充满诗情画意、多愁善感的烦恼"。

在类似的段落及其所属的小说中, 乔治·艾略特扩展了小说的真实社会范围——其可知的共同体——然而她比任何前辈都更有自觉意识, 更不容易安抚和吸引那些似乎占主导地位的特定类型的读者。可知的共同体就是这种共同的生活, 她乐于以必要的强调记录这种生活。但是, 已知的共同体, 创造性的已知共同体, 又是另外一回事——是在语言上与另一种趣味和另一种情感的不稳定的契约。

语言如此, 情节也如此。乔治·艾略特将自己小说的情节扩展到农民和工匠, 也包括被剥夺继承权的人。但正像她发现很难将劳动人民个体化 (依靠合唱的模式、概括的描述, 或者她自己对意识进行尴尬转换的才能) 一样, 她也发现自己很难想象从这些具体的生活中产生的全部行动, 这一困难可以通过描写那些直接的、决定他们 (劳动人民) 是谁、是什么的关系来克服。《亚当·比德》是最接近这种解决的, 但这种关系最终被一种外部兴趣遮蔽了。直到上路的最后一刻之前, 到她抛弃自己的孩子之前, 赫蒂一直是一个主体。但从那一刻起, 她就变成了一个客体: 引发忏悔和皈依的客体, 对苦难的态度的客体。这是它与哈代的《德贝维尔家的苔丝》的本质区别，后者将苔丝的主体地位坚持到最后。亚当·比德和黛娜·莫里斯——就像也许有人会说的那样，代表自尊的劳动和信仰的热情——在小说最后更为重要。甚至已经改变且悔悟的亚瑟也比被小说家抛弃的女孩更重要，在道德行为上，他比困惑而绝望地离开自己孩子的赫蒂更加果断。

　　然而，赫蒂的这段历史仍然是有其作用的：通过强调她后来获得的宗教情感找到道德历史的连续性[①]。《弗洛斯河上的磨坊》表现的就是这种决定性历史的危机。人物的行动[②]出于对基本需求的强调：在多德森家的小农场主谨慎而毫无吸引力的生存仪式中；在特利佛轻率的、被他不理解的复杂的法律和经济压力所破坏的独立中。但是，这两种方式都无法实现生活的完满，小说家情感的真正走向也无从探寻。只有河上那懦弱随意短暂的逃避之旅：对舒适的幻想。接下来要发生的事情，因为这是唯一可能发生的事情，就是向童年和河流回归；一种回归，一种解脱的感觉，向超越一切的死亡回归。感情的弧线从曾经最为重要的共同历史，转向了一种放弃，一种孤立；转向了无依无靠的、孤立的个人，因为他是唯一的价值活动所在。在早期小说中可能是积极

---

① 威廉斯这里所说"后来获得的宗教情感"是指赫蒂被执行死刑前的悔悟。《亚当·比德》第四十五章描写黛娜到狱中探望赫蒂，黛娜真诚的同情唤起了她心中强烈的忏悔之情，将自己的痛苦和罪行和盘托出，祈求上帝的宽恕。

② 指农民、工匠等劳动者的行动。

的、绝望的孤立，在她后来的作品中变成了虽依然激烈却令人悲伤的顺从。

在后来的小说中，尽管有证据表明作者越来越成熟，越来越有控制力，但人物的行为却越来越脱离那个普通人的世界，在这个世界中，对基本需求的强调至关重要。似乎承受不了一个孤立的有产阶级（她的预期读者所属的阶级，当时与她直接相关的有教养的阶级）的利益的致命重负，她后期作品中的情节处于一个不同的世界。《菲利克斯·霍尔特》①，激进主义的肖像，是为了表明在所有事情中遗产的继承最为重要。这是向占据了 19 世纪中产阶级想象力的典型利益缴械投降。当然，伊瑟最后拒绝继承遗产。这是真实历史的一部分。乔治·艾略特的道德过于真诚，强调一种真正的进步，一种自我创造和自力更生的生活，因而不允许伊瑟接受遗产，找到时髦的出路。在这个继承为王的世界里，安全的代价是阴谋和自我背叛，其腐朽堕落在特拉索姆夫人和杰米恩身上得到了有力的体现。但是，对基本需求的强调现在专门针对菲利克斯·霍尔特：针对那些无依无靠的、孤立的、有潜在流动性的个体。这是小说发展历史上至关重要的一部分，在这段历史中，可知的共同体——从现实的乡村到工业化的英国，

---

① 《菲利克斯·霍尔特》，乔治·艾略特的政治小说，以基督教社会主义诗人杰拉尔德·梅西的生平为基础，表现 19 世纪 30 年代议会改革时期的社会现实。

那个被扩展和强调的世界——最初被认为是一个关系问题：关于孤立的个体（怀着属于此不属于彼的分裂意识）如何创造自己道德历史的问题。

这就是乔治·艾略特后来建构小说时混乱、不安和分裂的根源（我们会在《米德尔马契》中看到例外）。我们只要把乔治·艾略特和她同时代的安东尼·特罗洛普比较一下，就能看出这种混乱的意义。特罗洛普在他的巴塞特郡小说中，轻松自在地处理继承阴谋、阶级和利益的互动、幸运的发现和成功的有产者联姻。因为他的根本兴趣在于事情如何发生，如何完成。一种平稳、轻松的叙事语调，通过最少的分析和最少的个人干扰，就可以达到所有的要求：一种社会运作层面的记录观察，一种解释。读了《菲利克斯·霍尔特》再读《索恩医生》，我们能在乔治·艾略特不安的地方看到特罗洛普的轻松；看到一种与情节相一致的利益，而不是努力挣脱维持义务和外部复杂关系的利益；看到一个传统的幸福结局，财产和幸福可以兼得且被庆祝，而不是尴尬而固执、难以安抚的放弃。不仅如此，我们显然还可以从真实的社会历史中看到这些差异的根源。我认为，当我们被各种评论家要求抽象出"结构""组织""主题的统一""风格统一"，甚至"文笔好"，并根据这些标准来评判小说时，我们必须记住这一点。以这些抽象的标准衡量——特别是那些要求统一的标准——我们应该发现特罗洛普是一个比乔治·艾略特更好的小说家。正相反，我们必须强调的是，创造性的不和谐正是乔治·艾略特的重要性所在：我们也将在哈代身上看到这种不和谐。在那个混乱而前所未有的时代，那正是生活所在之处。而那些反应最深刻，见识最多的人，没有统一的形式，没有统一的风格和语言，没有控制一切的传统手法，这样写才真正符合他们的目标。他们的小说是斗争和困难的记录，就像他们所写的生活一样。

我们拿特罗洛普的《索恩医生》的开头作比较。他能够以特有的自信宣告他眼中英格兰农村的状况：

> 它那绿草如茵的牧场，它那波涛滚滚的麦田，它那深深的、阴暗的——我们不妨加上——肮脏的小巷，它那小道和横路栅栏，它那色泽灰暗、建筑讲究的乡村教堂，它那山毛榉林荫大道和比比皆是的都铎式宅第，它那频频举行的郡打猎活动，它那社交礼仪，以及遍布全郡的浓郁的宗族气息，这一切使它成为它自己的居民一块得天独厚的歌珊地。它是纯粹的农业区：它的作品是农业的，它的贫穷归于农业，它的种种娱乐也离不开农业。①

在这里，现实主义只表现为有礼貌地承认小巷很脏。至于其

---

① 《索恩医生》，文心译，上海译文出版社1994年版，第1页。

他部分，我们看到的是点缀着田园牧歌的社会结构。农村的穷人被简单地置于农产品和享乐之间。尽管这种简单的关系是成立的，扰乱这种光滑而受欢迎的结构，也不会带来任何道德上的问题。

> 用"商业的"这个形容词来说明英国的性质时，她目前还算不上一个商业国家，而且我们不妨仍旧希望，英国在短期内还是不要成为商业国家吧。她无疑还是称为封建的英国为好，或者称为骑士制度的英国。如果说在西方的文明欧洲真的存在一个其中不乏众多高贵的绅士的民族，而且这个民族的土地所有者是真正的贵族阶层，是最信得过和最适合做统治者的贵族阶层，那么这个民族就是英国了。①

作为对 19 世纪中期英国的描述，这段话很荒谬。但作为一种不加追问地看待英国的方式，它是完美的。它将那些价值观视为理所当然，还能以一成不变的精确研究这个阶级的内部困难，特别是继承土地的家族与上升中的候补军官②和专业人士之间的关系问题。特罗洛普也对进入这个阶级饶有兴趣，这个阶级正是继承故事一直以来主要服务的对象，他可以毫不困难或毫无幻想

---

① 《索恩医生》，第 13 页。
② 英国贵族的爵位和封地只能传给长子，次子一般选择从军，因此长子和次子之间的矛盾在贵族社会中比较常见。

地描述这个过程（一旦将地主描述为贵族的基本幻想被接受）。

相比之下，乔治·艾略特则以一种深刻的道德方式质疑着财产与人的品质之间真实和假定的关系，她接受继承作为中心情节的重要性，又不得不让它成为外部的、矛盾的、最终无关紧要的元素，因为她的真正兴趣转向了孤立的无保护的个人，他们要么伤心放弃，要么必须离开。《菲利克斯·霍尔特》里特朗索姆的土地上，或者《丹尼尔·德隆达》里格朗库尔的土地上发生了什么，不再是决定性的了；然而，每一部小说都有很大一部分是围绕着这种复杂的兴趣建构起来的。从这个意义上说，乔治·艾略特的小说是两种形式之间的过渡，一种形式可以以一系列的解决方案告终，在这种形式中，社会和经济的解决方案与个人的成就都在一个维度上，而新的形式则将这个维度扩展、复杂化，进而最终摧毁它，新形式以一个人独自离开，通过疏远或解脱实现其道德成长为结束。这是一种只属于此不属于彼的分裂意识。社会性的解决方案（常见的解决方案），直到个人危机的最后时刻仍然被认真对待，之后，个人道德发展的成就，必须表现为某种身体或精神上的重生；就是一种迁徙，既顺从认命又充满希望，离开最初那个决定性的社会世界。

这种模式与《米德尔马契》的关系值得考虑，我已经说过，在她成熟的作品中，《米德尔马契》是一个重要的例外。乔治·艾略特如此清晰地意识到历史是一个社会和道德的进程，导致她在《弗洛斯河上的磨坊》之后大部分作品中面临的问题，是探索一种能够在真正的联系中表现历史的行动。在早期的小说中，最根本的联系是已知的、确定的；有人想说它存在于"回忆之中"，但根本不是那个感觉。它不是回顾，更像是直接从过去的经历中提取出一个完整的经验，一个本身已经完整的经验，关于这个经验，作者确实做了一些边缘的评论，但重点是，这个边缘——后来的意识——是可见的和外部的。

任何意义上的回顾都始于《弗洛斯河上的磨坊》，但只有在《罗慕拉》之后的小说中才具有决定性意义——这部小说确实是一个证实了这种转变的实验。《菲利克斯·霍尔特》的组织和之后《丹尼尔·德隆达》的组织实际上是围绕着一个理念展开的：《菲利克斯·霍尔特》里是激进主义；在《丹尼尔·德隆达》当中，则是一种全新且难以命名的东西——不只是犹太复国主义，也不只是国际主义，而是在那个跨越边界的领域。对传统共同体的超越，不是因为失去忠诚，而是因为发现了对其他民族、其他生活方式的忠诚，并由此找到了一种与人相联结的理念。在早期的小说中，价值作为一种一般状况（一个具有内在价值的社会，一个可知共同体的一般状况）来自过去，而在后来的作品中，价值必须重新创造，这正是由于对历史进程（这与对过去和现在之间的历史变化的简单认识是完全不同的）有了全新而明确的认识。由是，《菲利克斯·霍尔特》的困难，以及我们更熟悉的《丹尼尔·德隆达》的困难，就在于用这种理念创造互联生活的能力。因为事实上，我们所感知到的东西与这种理念的运作相反，是一种断开联系的体验，甚至是彻底的错位，当小说情节的联系被揭示出来时，效果与狄更斯的恰恰相反：不是狄更斯所创造的那种共同人性和解的奇迹，而是复杂而棘手的困难——不是网络（network），而是罗网（web）。

在《文化与社会》一书中，我注意到乔治·艾略特使用这些比喻——"网络"和"罗网"、"纠缠不清的事情"——来描述实际的社会关系。但我认为我们必须继续区分这一复杂意象的不同内涵。网络，我们可以说，是连接；而罗网，是缠结，干扰和遮蔽。发现一个网络，本质上是在一个可知的共同体中感受人与人的联系，就是表达（我的意思是创造性地表达，生产作为经验的）一种特定的社会价值：一种必要的相互依赖。但发现一个罗网或一团乱麻，就是看到人际关系不仅让人深陷其中，而且逼人妥协、让人受限、相互伤害。这当然是一种完全不同的意识：仍然被称为一种现代意识；事实上，这是后自由主义世界的第一阶段：一个文化过渡时期，在这个时期，对个人解放的旧信心已经消失，对社会解放的新承诺还尚未做出。乔治·艾略特在这个极其艰难的转型世界中比我们的任何小说家都更有力量。《菲利克斯·霍尔特》和《丹尼尔·德隆达》的思想是超越这个世界的积极举措；但前者的激进主义以确认僵局存在而告终；后者相信一

种有效的移民——不是 19 世纪早期小说中那种功能性移民，如
伊丽莎白·盖斯凯尔或金斯利（Kingsley）所做的那样，引导心
爱的人物去往一片更简单、更幸福的土地，而是一种精神上的移
民，一种被深切感受到和深深渴望着的超越。

《米德尔马契》处于上述努力之间，但其过程并不一样。小
说中没有明显的错位，也没有把小说向可分离的世界强行拉扯，
这些世界中的联系是靠情节机制偶然建立起来的。在《米德尔马
契》中所发现的是一个可知的共同体，不过，是在一种新的意义
上才可知。从社会层面上说，它在某种程度上是收缩的。乡村工
人们谈论铁路时是简短的同声合唱："这是大佬们的世界。"镇上
的工匠们也组成了一个合唱队，这在酒吧里是很有特色的："玻
璃匠克拉布先生"和其他有代表性的幸福家庭，他们犀利而巧妙
地谈论着他们的社会上层，也就是小说的主要人物。

但在这个真正的圈子里，米德尔马契是一个非常完整的社
会。这是一个拥有众多村庄的偏僻小镇，或者以另一种方式也就
是小说的主要观点看来，这是一个教区系统，这个成长中的新有
机体的核心有些模糊不清；在工业主义产生全面影响之前的阶
段，"市级城镇和乡村教区逐渐形成了新的联系"。米德尔马契，
就像 19 世纪 20 年代和 30 年代的考文垂一样，是一个小型纺织
制造商的城镇：制作穗带、丝带和染色；仍在雇用一些手摇纺织
机织工和外包工人；不远处有一个传统的郡和一个新的工业城

镇——布拉辛。制造商文西和银行家布尔斯特罗德都在城里，但社会意识始于那个拥有土地的上层社会，也终于这些新势力正在其中成长的那个上层社会。正是布鲁克，带着他抽象的改革思想，把主要人物聚集在一起，卡德瓦拉德太太对此不无抗议；而那些"无视米德尔马契阶级差别"而四处走动的职业男人——医生和牧师——也是"联系的线索"。乔治·艾略特将这种社会中的真实过程——家族稳定的上升与衰落——称为"那些不太显著的变迁兴衰，它们不断地改变着社会交往的界限，并引发了新的相互依赖的意识"。除了正在发生的其他某些事情——她称之为"自我和旁观者的双重变化"的事情，这是一个不断变化但仍然可知的共同体。我认为这才是这部小说真正的新颖之处，因为它深刻地影响了小说家的基本写作方法。

《米德尔马契》在各方面都是创新多于继承：有意识地在"自我和旁观者的双重变化"中创新。一种更老旧的认识模式仍然出现在高斯一家身上；我的意思是乔治·艾略特看待高斯一家的方式，就像我们看待自己家人的方式那样——不需要说出任何言语，就完整、简单地出现在眼前。直到玛丽·高斯实际上已经出场一段时间后，她才得到正式的描述，被赋予有辨识力的特征。这就像我们可能会在被人提醒要注意的时刻，才注视并且思考某个我们实际上早已认识、却仅仅是认识的人一样。但《米德尔马契》的主导意识与这种模式很不一样：是一种符号化意识

（不是关于已知或可知的事物，而是关于未知的事物）；在某种
意义上，决定性的意义上，是意识的客体。多萝西娅有玛吉·特
利弗的元素，但她现在被不即不离地注视着。事实上，所有其他
的人物，甚至整个社会，都被以这种众所周知的方式——"自我
和旁观者的双重变化"观看、审视。

这是一种曾经广受欢迎的意识，一种虚构方式，可以追溯到
简·奥斯丁那种冷静的"客观性"；进而发展到亨利·詹姆斯那
种精雕细刻的观察，再发展到人们常说的——确实是一种全面而
压倒一切的——成熟。乔治·艾略特与简·奥斯丁的不同之处，
决定性的不同之处，不仅在于人物，还在于这种有意识的审视之
下人物的生活方式。这种方式与后来许多例子的区别也在于此：
因为抽象说来它就是一种冷漠的归类，一种批评者的虚构。事实
上不仅如此，它还是一种社会模式，在这种模式中，观察者，能
指，本身并非利害攸关，而是被提炼成一个虚构的过程，实际上
就是虚构。其较低层次的模式曾经非常流行，即关于焦虑的社会
的模式——一个焦虑的阶级专注于给人归类、分级和定义：当别
人离开房间的时候，他们会用尖刻的话语包围别人，而当他们离
开的时候，他们会刻意忘记这种事情也会发生在自己身上。这是
我们熟悉的次要小说（有时诙谐、有时恶意）的主要内容，也是
整个闲聊界的主要内容。正如你们所知，我并不觉得这种模式特
别成熟，尽管当它在一个地方——比如在一所大学里——压在你

身上时，有种表面上的沉着淡定，需要你花一段时间才能承受：在这种模式下，我们都是能指，都是批评家和评判者，而且之所以能够在某种程度上承担这些角色，是因为生活——一切都被确定的生活，富有创造性的生活——仍然在其应该存在的地方，在其他地方继续存在。

这种模式在《米德尔马契》当中表现得更丰富更确定，我已经将它推得更远，我认为在《米德尔马契》里，它成了一种表达深刻不安的方式——当然，这种不安伴随着尊重。关于小说中那些冷漠和挑剔的部分，我认为是无法避免的。这是一种错位，不是表面的，而是非常深刻和实质性的那种错位：意识上的那种错位，"自我和旁观者的双重变化"。《米德尔马契》作为一个整体对这一点是一次精彩的呈现，精彩的分析：那就**是**小说的意识。作为一种观察的方式，它是如此强大，以至于创造了自己的环境，展现且重现了自己的成就。它已经在这个意义上得到了如此频繁的赞美，以至于我都不需要添加任何其他附属形容词。我只想说，作为一种意识，它确实是一个预兆：它提醒我们"已知"和"可知"的另一种意义，在这种意义上，认知者自身已成为一个分裂的过程：这是一种非常严重但也被广泛接受的异化。

"任何密切观察人们的命运在发生交叉的人"[1]，《米德尔马

---

[1] 参见《米德尔马契》，项星耀译，人民文学出版社 2006 年版，第 93 页。

契》的这句话准确地界定了小说的创造方法，界定了人与人之间的关系，这种实质性的关系现在是可知的，也是已知的。在某种新意义上，它是一张罗网；我们正从外部关注着的罗网。这张网似乎确实能给人深刻的满足感，对此我无法反驳；这是更早之前一个人或另一个人的生活选择。我要补充强调的是（尽管可能只强调那种冲击，那种因传统破坏而遭受的不可避免的冲击），我们可以认为乔治·艾略特在试图挣脱、试图超越过去社会那种相互联系、环环相扣的意识。我认为她在拉迪斯拉夫身上做了这样的尝试。已经有一大批英国评论家以非常一致的方式否定了拉迪斯拉夫这个人物，这点非常重要。评论说他（作家初次尝试的这个策略）难以令人信服：可是在一个角色身上，是什么让人"信服"？它取决于普遍的经验，也取决于小说的实际处理。确实，我想，他不是"我们中的一员"；这个嘛，听着，我同意。事实上，我认为这就是问题的关键，我还要补充一点，这些批评者当中有些人说起拉迪斯拉夫时那种切实的反感态度，听起来像极了卡德瓦拉德夫人。

但这不仅仅是出于老派的势利。拉迪斯拉夫所做的一切都显得与众不同。利德盖特一败涂地；卡苏朋一事无成；布鲁克优柔寡断；彻泰姆眼光受限；罗莎蒙德琐碎无聊；布尔斯特罗德丑行暴露。只有高斯一家安定稳固；他们来自一个更古老的世界。小说表现他们的模式很明确，很显然是可以接受的。在那个更古老的世界里，一切都有其稳定性与价值；在这个更新潮的世界里，却只有复杂、罗网、纠缠不清的麻烦事。因此小说记录的是失败、挫折和放弃。人的美好，人的洞察力，也遭遇了挫败和挫折；这叫人难过，也让人睿智：人们的命运在不知不觉间发生交叉，催生出有这种宝贵的副产品——明智的、沉淀而成的洞察力。

那么拉迪斯拉夫和多萝西娅嫁给他能给我们什么启发呢？他是种冒犯，对那种安稳生活显而易见的冒犯。也许你已经注意到评论家们经常提到他的头发；那语气正是我们最近听他们谈及 20 世纪 60 年代年轻人时经常听到的；事实上，两者之间有关联。因为拉迪斯拉夫是一个自由的人，而其他人不是；有自由的思想就有自由的情感；一个满腔热情的男人。他不受财产的束缚，能坚持自己的原则而拒绝财产。他没有"好出身"，也不指望依靠它。除了自己的感情和行动之外，他一无所有，但他比卡苏朋更了解艺术和学习，也比布鲁克更善于改革。他和他遇到的每个人都交朋友，包括那些"微不足道的"人；因为遗嘱的关系，他既没有继承财产，也没有商业财产。① 但由于与利德盖特不同，他能接受贫穷，所以他不会沮丧，不会堕落，也不会向

---

① 指的是卡苏朋用不光明的手段取得了本该属于拉迪斯拉夫母亲的遗产，使拉迪斯拉夫无法继承遗产，又在自己的遗嘱里限定，多萝西娅如果与拉迪斯拉夫结婚，就会失去全部遗产继承权。

社会低头。他来自无名之地，也不属于"任何地方"，他能够四处流动，能够与人联系，从而以其他人无法做到的方式成长。毕竟，引起多萝西娅共鸣的，就是这一点。

"这个人物不可信"。得出这样的结论当然很方便。因为在这个人物身上，乔治·艾略特的思考和感受超越了她精心记录的那些条条框框；她认为流动性不是干扰而是解放；当然，也带着某种焦虑——某种被登记在案获得认可的焦虑——却沿着一条线索通往未来，就像她在《丹尼尔·德隆达》里所做的那样；那唯一一根从罗网上松动下来的丝线，就是在划清界限的重压之下，在一个限制多多而令人沮丧的世界的重压下，保持对新生活的回应和勇气。但她坚持认为，正是在这一点上，这个人物超越了米德尔马契，就像她自己冲破了罗网一样。

最后，最重要的一点仍然是界定意识：这种方法在乔治·艾略特的小说中占主导地位，是她逐渐学到的方法。她正是在这种模式下成长为一个伟大的小说家：一种因深刻的不安和紧张而成就的模式。如果这种紧张关系——在这个被高度观察、高度管理、限制重重、不断界定的世界里，通向未来的另一条线索——一直持续到最后，那也是理所应当的。她把她最后的力量，她内心最深处的温暖，奉献给一个希望，一种可能性，超越了她在一个冷酷而清晰可见的世界中所记录的一切。

4

托马斯·哈代

从乔治·艾略特讲下去，讲到亨利·詹姆斯，是现在英国
小说评论账目的惯例。当然，两者之间确实存在联系，尤其是在
乔治·艾略特后期的部分小说里——我们需要从《菲利克斯·霍
尔特》的特朗索斯夫妇，从《米德尔马契》里多萝西娅的人际关
系，从《丹尼尔·德隆达》里的关德林和格兰科特继续讲下去，
讲到亨利·詹姆斯。

但我首先想强调的，是一个更重要的英国传统：从乔治·艾
略特到哈代，再到劳伦斯，在我看来这是一个非常明确的、具
有决定性的顺序。几年前，一位英国文化委员会的评论家将乔
治·艾略特、哈代和劳伦斯描述为"我们三个伟大的自学成才
者"，而他的偏见恰好表明了一个非常关键的事实。我们必须问，
为什么是"自学成才"？这三位作家都对学习很感兴趣，在个人
大量阅读的同时也接受了有效的正规教育。他们的父亲是法警、
建筑工人和矿工。乔治·艾略特一直在学校读到 16 岁，离开学

校只是因为母亲去世，她不得不回家照顾父亲，尽管她仍然在那里定期上课。哈代在多尔切斯特高中读到同样的年龄，然后完成了建筑师的专业培训。劳伦斯在诺丁汉高中读六年级，休学一年后又进入诺丁汉大学学院。他们所受正规教育的水平不仅以当时的标准来看很高，即使在 20 世纪中期，也绝对高于五分之四英国人的教育水平。因此，"自学成才"这种冷淡的恩赐只与一个事实有关：三人接受的都不是寄宿学校和牛津剑桥的教育模式，而在 19 世纪晚期，这两种学校不但被视为一种教育，而且被视为教育本身。错过了这个赛道，就等于完全错过了"教育"。换句话说，"标准"教育是指百分之一或百分之二的人口接受的教育。其余的都被认为是"没受过教育的"或"自学成才者"（后来的惯用称呼是"文法学校男孩"，毫无疑问，不久后称呼就会变成综合学校男孩）。当然，他们要么会被视为可笑的无知，要么在假装学习时被视为笨拙、过度认真、狂热固执。

　　这种状况对英国人的想象产生了深远的影响。对我们很多人来说，乔治·艾略特、哈代和劳伦斯都很重要，因为他们与我们本身那种成长和教育方式息息相关。他们属于一种文化传统，在这个国家，这种传统比相对现代、故意排外的所谓公立学校系统更古老、更重要。问题在于他们继续以这种方式与我们相关联，直到后来我们中的一些人去了牛津或剑桥；比如我自己，来自那样的家庭，进入剑桥，现在又在这里教书。因为真正有问题的并不是教育，也不是发达的智力。如果让英国文化协会或其他任何地方的人与乔治·艾略特进行严格的智力比较，有多少人能幸存下来？问题在于教育（不是分数或学位，而是发达智力的实质）与我们这些人当中大多数人的实际生活之间的关系。这些人无论按照哪个公式衡量，都不是小说记录、研究或关注的对象，但确切地说，他们就是我们自己的家人。乔治·艾略特是第一个积极讨论这个问题的重要小说家。这就是为什么我们现在谈到她时，怀着一种亲切的敬意，又怀着一种笃定——一种我们从个人和共同的经历中学到的家人般的直率。

这也是我们之所以会怀着兴趣与敬意谈到哈代的原因。读哈代的书越多，我就越是确信，他是一位重要的小说家，但同时我也认识到，如何描述他的作品是理解英国小说整个发展过程的核心问题。现在还有这么多人读他的书，这是件好事，越来越多的英国学生在读他的书，而且越来越尊重他。然而，一些有影响力的评论却试图把他撇在一边，甚至连有些赞美过他的人也在以贬低他的方式这么做。因此，他很容易被誉为我们现在所说的地方小说家：他的威塞克斯无与伦比的编年史家。或者，他也可以被看作是一个古老的乡村文明最后的声音。这种承认，甚至是热情的致敬，都伴随着一种感觉，即他作品的内容正离我们越来越远：他不是我们这个世界的人，而是旧英格兰农村或农民的最后代表。

实际上，我认为哈代小说中非常复杂的情感和思想，包括对乡村生活和居民的复杂情感和思想，大都属于一个依然在延续的世界。他比我们的任何小说家都更连贯、更深刻地描写了一些仍然离我们很近的东西，无论我们生活在哪里，这些东西可以抽象地归结为基于习俗的生活和有教养的生活、基于习俗的和有教养的感情和思想之间的关系问题。这个问题我们已经在乔治·艾略特那里看到了，我们还会在劳伦斯作品中看到。这是他们之间重要联系的基础。

我们大多数人在接受任何形式的文学教育之前，就已经开始了解并重视基于习俗的生活——也开始感受到其中的紧张了。我们从家人的生活和谋生方式中观察和学习；这个世界的工作、境况和信仰深深融入日常行动之中，以至于我们一开始甚至不知道它们是信仰，受制于变化和挑战。我们的教育，往往给我们一种看待生活的方式，让我们可以看到生活之外的其他价值：就像裘德越过眼前的土地看到对面的基督寺塔那样。我们常常深深地知道，在习俗停滞不前的地方，在旧时幻想仍被当作永恒真理而重复的地方，我们是多么迫切地需要那些有教养的价值观，那些智力上的追求。我们尤其明白，对于理解变化——发生在我们生活、工作和成长之处核心的变化，这些东西是多么重要。

这些观念、价值观、接受教育的方法，当然是可以提供给我们的，如果我们去到像基督寺（Christminster）那样的地方：如果我们不像裘德那样被禁止进入的话。但是，伴随着准入通知一次又一次出现的，是另一种观念：日常工作和普通家庭的世界低人一等、距离遥远；既然现在我们知道了这个精神世界，我们就不能对另一个仍然熟悉的世界抱有敬意——当然也不能有感情。如果我们对那个世界还保留着一份爱，基督寺会将其命名为"怀旧"。如果我们对它还保留着一份尊重，基督寺对此有另一个命名：政治学，或者更令人畏惧的社会学。

但这不仅仅是选择措辞和语气的问题。这是当我们试图调和两个对比强烈的世界时，当我们与裘德（不过是一个被允许进入基督寺的裘德）站在一起时，或者，当我们回到自己的家园，回到自己的家人身边，明白回归故土在思想和感情上意味着什么时，发生在我们身上的事情，真真正正发生在我们身上的事情。

哈代的乡村当然是指威塞克斯地区：换言之，主要是多塞特郡及其邻近农村。但我越来越觉得，真正的哈代乡村是我们许多人一直生活的那种边缘乡村：介于习俗与教育之间，劳作与思想之间，故土之爱与变化体验之间。这对特定的一代人具有特殊的重要性，他们从普通家庭进入大学，必须通过一生去了解这种经历意味着什么。但它还有更为普遍的重要性；因为在英国，这就是一直在发生的事情：人们从旧的方式、旧的地方、旧的思想和旧的感情中走出来；发现某些全新的未曾预料的难题、意想不到又异常尖锐的危机、个人欲望与可能获得的机会之间的冲突。

在这个典型的世界里，既根深蒂固又变动不居、既熟悉又充满新的意识与自我意识的世界里，哈代的身影如地标一样竖立着。哈代此刻并不是从古老乡村世界或偏远地区向我们讲述；而是从仍然鲜活的经验中心，从那些熟悉的和变化的事物中心向我们讲述。我们可以将这些经验理解为一种观念，但这些最终似乎表现为个人压力的经验——关系的建立与失败，身体和精神个性的危机——非常重要，作为小说家的哈代对那些压力同时进行了描述和展示。

但是，我们显然忽视了这一切，或者即使发现了也不知道如何谈论和评价它，如果我们在这里或那里曾经略述一二，也是用了贬低哈代的语气。

我想把这种语气公之于众。如果你愿意，想象一下这位写作者的外表和性格：

> 当女士们离开去了客厅时，我发现自己旁边坐着的是托马斯·哈代。我记得他身材矮小，有张朴实的脸。即使穿着晚礼服，里面是浆过的衬衫和高领，他仍然有一种奇怪的土气。[1]

---

[1] W. Somerset Maugham, *Cake and Ale*; Garden City Publishing Company, Inc., 1970.

让人意外的不是托马斯·哈代的外表和性格；而是那个能如此写他的人，在区区几句话里表现出的那份自信，那种对读者的笃定。

这显然是萨默塞特·毛姆典型的餐后故事之一。人们可能会认为，这样一个世界，哈代根本就不应该接近，根本就不应该让自己暴露在其中。但是，从那张餐桌、那间客厅，一直到偏远乡村那种"土气样子"，一直到土地，到土地上的劳作（它们以蔬菜形式盛在银器里端上餐桌），或者一直到进入了那个群体（那个人们以为天经地义的文明群体）的劳工（有一张被视为土气的脸）身上，这种语气始终非常典型而且意义重大。

实际上，当我读到亨利·詹姆斯提及"善良的小个子托马斯·哈代"或者 F·R·利维斯说《无名的裘德》"以其笨拙的手法"令人印象深刻时，我又想起了毛姆，想起了他的语气。我们已经通过几种方式（其中一些是出人意料的）抵达了那个地方①，在那里，习俗和教育，一种生活方式和另一种生活方式，处于最直接和最有趣的、我认为是不可避免的冲突中。

这种在社会地位上居高临下的语气，也就是说，由关于出身的粗暴而直接的推测支撑的语气，与文学上居高临下的语气有趣地联系在一起，对哈代小说的实质进行强烈指向性的推测，其

---

① 指上文中提到的文明人聚集的地方：餐厅、客厅等。

目的就是破坏性的。如果他是个乡下人，是个农民，一个有土气外表的人，那么这就是小说的视角，是他小说至关重要的文学立场。也就是说，这些小说不仅是关于威塞克斯农民的，它们就是这些农民中的一员写的，他当然勉强受过一点教育（虽然远远不够）。因此，我们必须对语气和事实做出一些区分。

　　首先，我们最好完全放弃"农民"这个说法。在哈代生活和工作的地方，就像在英格兰的大多数其他地方一样，几乎已经没有农民，尽管"农民"作为一个泛指乡下人的词仍然在被作家们使用。真正的农村居民是地主、佃农、商人、工匠和劳工，而这种社会结构——在某种社会意义上，这是小说真正的素材——在多样性、细微差别和许多基本态度上都与传统农民的社会结构截然不同。其次，哈代不属于这些人当中的任何一类。在写作之外，他是在这一结构中工作的许多专业人士之一，常常不确定自己真正属于其中的哪个位置。缓慢的阶级分化是任何地方的资本主义共有的特征，农村的资本主义在这一点上表现得尤其突出。哈代的父亲是建筑商，雇了六七个工人。哈代不喜欢别人把他家的房子称为村舍，因为他知道这种雇佣关系。房子确实非常小，但屋后有一个小窗户，雇工们的工资就是从这个窗口拿的，沿乡间小路分布的其他村舍显然要更小一些。与此同时，在步行去学校的路上，他还会看到金斯顿·莫沃德的公馆（令人高兴的是，那儿现在是一所农业学院），他父亲曾在那里做过些地产管理方面的工作。这表明父子之间存在着地位上的突出差异，这使得另一种差异相对较小，尽管并不是不重要。在成为一名建筑师和一个牧师家庭（他妻子也是来自这种家庭）的朋友之后，哈代在这一社会结构中走到了一个不同的位置，他与受过良好教育的人有了联系，但与地主阶级没有联系；同时，他也通过他的家庭与不断变化的小雇主、商人、工匠和佃农群体保持着联系（这些人本身在家庭中从来没有与劳工完全区分开来）。在写作中，哈代的地位也是相似的。他既不是地主也不是佃户，既不是商人也不是工人，而是一个观察者和记录者，对自己与社会的实际关系也常常感到不确定。此外，他不是为他们写作，而是在写关于他们的故事，主要写给大都市里没有关联的人组成的文学大众。上述两点的作用是将人们的注意力引回到应该关注的地方，即哈代描述和评价生活方式（这种生活方式与他关系密切却又很不确定）的尝试，以及由这种尝试所产生的文学方法。正如经常发生的那样，在当前的社会刻板印象被消除后，关键问题就会以一种新的方式变得清晰起来。

这正是 19 世纪以来——社会流动确实存在却又并不完全，而且并不清晰——如此多的英国小说存在的关键问题。这既是一个内容问题，也是一个方法问题。人们常常把哈代的小说简单理解为一个城市异乡人对英国乡村生活那种"不受时间影响的模式"产生了影响。然而，尽管有时候确实存在这种情况，但更常见的模式是乡村生活性质的变化（乡村生活本身的压力和来自"外界"的压力都决定了这种变化）与一个或几个（某种程度上已经与乡村生活分离，但仍被某种家庭纽带不可避免地联系在一起的）人物之间的关系。正是在这里，社会价值以一种非常复杂的方式被戏剧化地呈现出来，哈代实际写作中的大多数问题似乎也是在这里出现的。

一个小论据和一个稍大些的论据可以初步说明这一论点。几乎每个人都把苔丝简单看作是一个被外界所诱惑的热情的农家女孩，因此，在小说开头读到一段已成为社会流动经典体验的清晰表述，会令人十分惊讶：

> 德贝菲尔夫人一向说惯了土话，她女儿在国立学校跟着一个伦敦毕业的女教师读了六年书，所以会说两种话：在家里或多或少说土话，在外面或跟有身份的人说话时，则讲普通话。[①]

《林地居民》中的格蕾丝和《还乡》中的克莱更加全面地代表着这种经历，但无论如何这都是一个持续性的主题，其重要性远远大于口音这种琐事。当我们看到这一点时，我们就不必像最近的文学批评论常做的那样，轻易地把《无名的裘德》当作一种

---

① 《苔丝》，孙致礼、唐慧心译，北岳文艺出版社 1996 年版，第 18—19 页。

完全不同的小说来区别看待。

关于这种区别意味着什么和涉及什么，一个更显著的例子是《还乡》中对克莱的描述，它与我在《文化与社会》中所描述的论点非常契合：

> 姚伯是爱他的同类的。他有一种坚定的信心：总认为大多数人所需要的知识，是能给人智慧的那一类，而不是能使人致富的那一类。他宁肯把一些个人牺牲了，而为一班人谋福利，而不愿牺牲了一班人，而为一些个人谋福利。并且还更进一步：他很愿意马上把自己作首先牺牲的一个。①

在小说的整体情节中，这种牺牲的观念与我们熟悉的主题（职业使命被错误的婚姻所挫败或破坏）相联系，我们必须要重新审视这一典型的哈代式僵局。但这种观念也与变化这一总体情节相联系，变化是个持久存在的社会主题。正如所有主要的现实主义小说那样，个人的品质和命运总是与整体生活方式的品质和命运被置于同一个维度之中审视，而不是作为可以分开看待的问题。正是哈代这位观察者，为个人的失败设定了这样的语境：

> 从务农的生活变到求智的生活，中间经过的阶段，通常

---

① 《还乡》，张谷若译，人民文学出版社 1998 年版，第 238 页。

至少得有两个，往往还超过两个；而其中之一差不多一定得是世路的腾达。我们很难想象出来，由农田的恬静生活，不通过世路腾达的目的作为过渡的阶段，一下就能转变到努力学问的目的上去。现在姚伯个人的特点是：他虽然要努力于高远的思想，却仍旧坚守着朴素的生活——不但那样，在许多方面，简直就是狂放简陋的生活，并且和村夫俗子们称兄道弟。他就是一个施洗的约翰，不过他讲的主题，不是劝人悔改，而是劝人高尚。在思想方面，他是站在乡村的先锋里的；这就是说，在许多方面，他跟和他同时那些主要都市里的思想家看齐。……因为姚伯有了这种比较先进的情况，就可以说他是不幸的了。乡村的人还没成熟到能接受他那种程度呢。一个人只应该部分地先进；要是他的希望心愿，完全站在时代的先锋里，那于他的声名就是致命伤了。……要是有那个人，只赞成高雅清逸，不赞成功名利禄，那他的话大概只有那班在名利场中打过跟斗的人才听得懂。对于乡村的农人们来说，文化先于享受是可能的，也许能够算是真理；但是那种说法儿，却总是把一向人所习惯的事序物理加以颠倒了的。①

---

① 《还乡》，第238—239页。

19世纪70年代产生的这种论点，来自惯于进行相对性和历史性思考的头脑，其微妙和智慧之处，不仅仅在于抽象思考，也体现在对个人流动经历的观察过程之中。这并非乡村与城市之间的对立，甚至不是风俗与自觉的智性之间的简单对立。这是更为复杂、更为紧迫的历史进程，在这个过程中，教育与阶级社会内部的社会地位提升捆绑在一起，因此想要在获得教育的同时保持社会团结是很困难的（"他希望提升这个阶级"），除非是通过某种标新立异的个性展示。同样是在这一进程当中，人们逐渐认识到，无论付出多大的代价，文化和富足都是两个非此即彼的目标，此外还形成了一种扭曲的认识：在任何真实的历史当中，后者将永远是第一选择（莫里斯也观察到了这一点，并且明确表示欢迎）。

迁移到新群体中的人，与其旧群体之间的关系尤为复杂。忠诚驱使他做出的事情在旧群体看来没有任何意义，旧群体公开的价值观支持将教育和个人提升联系起来，这一点他的新群体已经做到了，而正是这一点，让他无法接受这种联系。

　　"克林，你这个话我听了太奇怪了。你还能想出比现在这个更好的事儿来吗？"

　　"但是我讨厌我现在作的这种事情……我要在我死以前，作点儿有价值的事。"

"费了那么些事，好容易才把你培植起来了，现在你只要一直往前走，就可以发财了；你却说……克林，我现在知道了你是打了这样的主意才回到家里来的，我心里很乱。……我一点儿也没想到，你竟会自己诚心乐意在世路上往后退。"

"我这是没有法子，"克林口气错乱地说。

"别人都能作……你为什么就不能跟他们一样哪？"

"我也不明白为什么，我只觉得，有些一般人很在意的事物，我却一点儿也不在意……"；

"只要你有恒心继续下去，你就可以成为一个有钱的人了……我恐怕你这是像你爸爸——像他那样，懒得往有出息的地方作吧。"

"妈，究竟怎么才算有出息？"①

这个问题很常见，但这么多年过去了，仍然没有任何问题比它更有价值或更为根本。在这些复杂的压力之下，还乡不可避免地变得没有价值，他唯一可能公开做出的行为也会显得有悖常理。因此，认同于劳工的社会性需要，促成了克林特有的那种消极的认同；他自己成了一名劳工，让他最初的创业变得困难许

---

① 《还乡》，第242—244页。

多："他工作的单调性抚慰了他，这种单调本身就是一种乐趣。"

所有这一切都为哈代所理解并为他所控制，但这种压力还具有更深远且更难意识到的影响。在《安娜·卡列尼娜》中，列文选择去干体力活，这其中也包含了类似的动机，但归根结底，这是对人的选择，而不是对抽象的自然的选择——选择与人一起工作，而不是选择一种让自己迷失其中的自然力量。但是，这一关键性的特点被关于哈代留恋乡村生活（这种乡村生活包含了"不受时间影响的"荒原或森林以及在那里工作的人们）的一般讨论遮蔽了。最初的人本主义的冲动——"他深爱跟他相同的这类人"——的确可能变得反人性：人可能被视为爬行在这不受时间影响的广袤大地上的生物，正如荒原的意象和克林在荒原上的工作非常强烈地所暗示的那样。在那一时期的文学作品当中，这是一个很常见的转变，但它一直让哈代很不舒服。正如在《无名的裘德》中那样，那种最初的冲动一直在重现，并做出更加精确的认同。

与此同时，还乡之人不仅离开了"外面"那个教育程度高且富足的世界的标准，某种程度上他也不可避免地与那些不曾像他一样旅行的人分崩离析；或者，这种分离更多时候能够伪装成一种浪漫的留恋之情——对一种生活方式的依恋。在这种生活方式当中，人只不过是某种工具：乡村风景画中的人物，或者文学腔调不足的民谣中的人物。因此，以一种貌似热心的方式，为了其他人的利益而不仅去观察"田园世界"的粗糙和局限性，也观察它那如画的风景、粗犷的幽默和穿长罩衫干活的农民的天真淳朴，是很容易的。哈代小说的复杂性正显现于此：他的笔下无所不包，从对风俗习惯和离奇趣事的外部观察，由一种明显居高临下的感情进行调节（例如《绿荫下》），到对自然直觉和共同工作的价值与人性深度和忠诚的非常积极的认同（例如《林地居民》），再到更让人印象深刻，也更加困难的对局限性的人道感知。这些局限无法通过怀旧、魅力或者走向神秘主义而获得解决，但小说的所有人物在他们全都身属其中的真实生活中都曾经历过这些局限，受过教育和富足之人的局限性，与无知和贫穷之人的局限性之间存在着有机的联系（例如《还乡》的某些部分，以及《苔丝》和《裘德》）。但是，为了做出这些区分并清晰观察各种不同的反应，我们必须超越那些自学成才者和乡下人的刻板印象，通过哈代的真实身份看待他：在一个变化普遍而又激烈的时代里，他既是有教养的观察者，又是一个富有激情的参与者。

哈代的写作，或者抽象一点称之为他的风格，明显受到了我一直在描述的危机——还乡——的影响。我们知道哈代为自己的表达而焦虑，在他那个时代对良好教育的普遍假设的影响下，他通过学习笛福、菲尔丁、艾迪生、司各特的作品以及《泰晤士报》来减轻这种焦虑，就好像这些能对他有所帮助一样。哈代写的是乡村生活，而他的读者几乎都免不了要把乡村看作是空洞的大自然，或者是比他们低劣的人工作的地方；作为一个作家，哈代这种复杂的身份在上述语言问题上无论如何都是非常关键的。在人们眼中哈代的力量所在——民谣体的叙述、对传统语言形式长期的文学模仿——在我看来却主要都是弱点。他的读者们准备看到的是这类事情：一种"传统"而不是活生生的人。上述文学手法无论如何也无法对他的主要小说有所帮助，它们恰恰成了其中的干扰，而不具备交流所必须的延续性。人们很容易把哈代的风格问题同苔丝的两种语言联系起来：在意识层面上是有教养的，而在无意识层面上是受习俗支配的。但是这种比较尽管很有启发性，却并不恰当，因为事实是两种语言对传达哈代的经历都无所助益，因为根本上这两种语言都不够清晰明了：有教养的语言强度不够，人性层面也有局限性；方言则为无知和习惯性的自满所扭曲。向这两种模式屈服的标记当然在哈代的作品中出现了，但他成熟写作的主体是一个更有难度、更加复杂的试验。例如：

时光流转，又到了成熟季节。一年一度的花、叶、夜莺、画眉、金丝雀，以及诸如此类的短生之物，又出现在各自的地盘上，而仅仅一年前，它们只不过是些胚芽和微小的无生物，占据那些地盘的还是另外一些生物。朝阳射出的光线，催生出一支支幼芽嫩蕾，使其舒展成一根根长茎，滋养起一股股液汁，无声无息地涌动着，绽开一朵朵花瓣，在无形无踪的呼吸中散发着芳香。

克里克老板的男女挤奶工们，都过得舒舒服服，平平静静，甚至快快乐乐。在社会各阶层中，他们的地位也许是最快活的，因为往下比，他们不用愁吃，也不用愁穿，往上比，他们不用因为拘泥礼仪，而抑制天然的情感，也不用因为追逐俗不可耐的时尚，而不能知足常乐。

在绿叶蔽荫的时节，树下乘凉仿佛是人们在户外唯一要做的事情，可是眼下，这个时节就这样过去了。苔丝和克莱尔不知不觉地相互审视着，总是在情感的边缘摇摇欲坠，却又分明不肯坠入情网。由于受到一种不可抗拒的力量的驱使，他们一直在往一起聚拢，就像一条山谷里的两道溪水一样。①

这段话既不是哈代写得最好的，也不是最糟糕的。毋宁说，它显示出在看似单一的意图下同时发挥作用的诸多复杂的压力。"在绿叶蔽荫的时节，树下乘凉"这个例子表明了倾向于使用夸张语言的"有教养"的文风，但"礼仪"这个词的使用（也许只是显得时髦一些）却承载着一种准确的感情。"一年一度的"和"短生的"出现在一个主要表现所谓有教养的观点才具有的力量

---

① 《苔丝》，第141—142页。

的句子中，也是一种准确的用法。对于哈代想要描写春天那种更直接、更令人享受的景色和香气这一目的来说，在"胚芽和微小的无生物"（哈代当然是从达尔文那里学到了这些词语，在知识上对哈代有影响的主要就是达尔文和穆勒）这种表达里，对自然进程的清醒意识是必要的伴奏。当哈代回到"克里克老板的男女挤奶工们"这样更为简单、更为粗糙的抽象表达时，并不是提升，而是失策；表面看来好像应该是一个乡下人在说话，但实际上却是一个不带感情、兴趣不大的观察者的声音。作为一个精确的观察者，哈代越是充分地利用整个语言的资源，写作就越恰当。"不知不觉地相互审视着"，既文雅又吸引人，比"一条山谷里的两道溪水"更有力量，后者与"不可抗拒的力量"一样，有做作的痕迹，好像一个人在扮演乡村小说家。

哈代成熟的写作风格在一个方向上受到了有意将措辞和句法结构"拉丁化"的威胁，关于这一点我们可以收集到许多非常详尽的例子（这一点我们已经都做到了，因为我们曾经非常努力地接受过教育），在另一个方向上，受到了那种较少引起注意的技巧元素的威胁，从我们之前讨论过的恩赐态度看来，它很容易被接受，会被当成是一个乡下人在说话（有时候在人为矫饰的如画场景——这种美景现在看来是小说家对笔下乡村人物的恩赐之物——中，这倒的的确确是乡下人说的话）。这种成熟的写作风格本身毫无疑问是一种有教养的风格，它有着丰富的词汇量和复杂的句法结构，对于体现哈代根本立场和特征的那种观察的强度和准确性来说，是非常必要的。

> 黎明时分和黄昏时分，天都是灰蒙蒙的，尽管它们的阴暗程度可能差不多，但那半明半暗的朦胧色调却不相同。在朦胧的晨曦中，似乎光亮是活跃的，黑暗是沉寂的；而在朦胧的暮色中，黑暗却是活跃的，并在渐渐加深，光亮反而在昏昏欲睡。[1]

这是个受过教育的观察者，仍然深深迷恋着他所注视的世界，这种文风的地方色彩正是哈代主要小说的决定性基调。

问题的复杂之处在于，对哈代来说这是个很难保持且易受攻击的位置。若是没有刻意学习过历史，没有形成对自然和行为有教养的理解，就不会有随之而来的洞察力，他也就根本无法在更为广阔的人性层面上进行真正的观察。就连对那种所谓"永恒的"感知——实际上，这是对历史的感知，对古墓、罗马遗迹、家族兴衰以及教堂里的石碑和墓碑的感知——也是教育的一种功用。这一点我之前也已经提到过了。只有在书上读到过传统的人才能够真正认识传统，尽管他通过传统看到的是他的本乡本土，

---

[1] 《苔丝》，第141—142页。

他与它已经由另外一种记忆和经历深深地联系在了一起：他的家庭和童年，人与地方之间紧密的联系，这已经成了他自己的历史。能够以两种不同的方式来审视传统的确是哈代特有的天赋：传统既是故乡和故乡经历，也是教育和有意识的探究。但是，要在对过去和现在这种复杂的感知当中审视活生生的人，这又是另外一个问题了。在这个审视过程中，哈代既是参与者又是观察者；这就是压力的来源。因为在哈代的时代，允许他进行观察的那个过程是与阶级情感和阶级分化联系在一起的，它本身就包含着一种明确的疏远。

　　如果说两个哥哥发觉安琪越来越不合世俗，安琪则发觉两个哥哥越来越心胸狭隘了。在安琪看来，费利克斯一身教会风范，卡思伯特满是学院气派。他们两人，一个把教会会议和主教视察视为世界的主动力，另一个把剑桥视为世界的主动力。这两位哥哥都坦率地承认，在文明社会里，还有千千万万无关紧要的局外人，他们既不在大学里，也不在教会里。对于这些人，只可容忍，不能看重，不能敬佩。①

这就是有时候人们所谓的哈代式尖刻，但实际上这只是冷静

---

① 《苔丝》，第 176 页。

而公正的评论。在哈代那个时代，有教养的社会被牢牢锁在其深深的社会偏见和随之而来对人的疏远之中，哈代对这个社会的所见所感真实而正确，唯一让人吃惊的是，今天的批评家竟然依旧认同那个世界——那个粗暴冷漠地拒绝了裘德和成千上万其他人的世界——并愿意在文学界对等执行这种最陈腐的政治策略：将怨恨（这不过是一种等级划分的思考方式）从排外者那里转移到抗议者那里。我们根本不必等待劳伦斯来展示那个表面清楚明了的世界里人的无价值。哈代已经一次又一次令人信服地表明了这一点。但是，观察者坚持用有教养的方式进行观察，却又无法在感情上认同当下的有教养阶级，随之而来的孤立感会非常严重。这并非是穿着城里人衣服的乡下人感到的不自在，而是更为重要的压力——当然也会有其不自在感和不时迸发的怨恨与怀旧情绪——人被自己的历史困在了教育和阶级之间关系（实际上是智识和同胞感情之间的关系）的总体结构和危机当中。哈代不能走詹姆斯那条出路，以一种超越"基本激情"的"智力优越感"来讲述他的故事。正如哈代再次对克莱尔兄弟评论的那样：

> 也许，他们像许多人一样，观察的机会没有表现的机会多。①

---

① 《苔丝》，第 177 页。

在一个教育被用来训练本阶级成员，将他们与其他人区分开来，也与他们自己的热情分隔开来（因为这两个过程是深刻联系在一起的）的时代中，人终究还是无价值的。然而，不可能简单地回到过去。

> 他们一起植树、一起伐木；数年来他们一起把那些从未见过的符号和记号记在脑海里——简单说来，这些符号看起来就像是些未知的古代文字，合在一起组成一个字母表。当他们身处黑暗之处，阳光穿过树枝照射到他们的脸上时，他们就能判断树的品种、在何处生长；从风穿过树枝发出的声音中，他们可以用类似的方式，大老远就能说出树的种类。①

这种语言出自对"自然"的直接理解，因为哈代总是能以这种方式保持一种与自然的直接交流。但更具体地说，在"岁月的流逝"中，它也是一种产生于共同劳作的语言，虽然它作为一种记忆是可及的，但对哈代来说，使它成为可能的那个世界在一定距离之外，已经远得足以使他与之分离：矛盾的是，他仍然感到与之亲近，但也必须观察并对之"发表意见"。正是在这个意义

---

① Thomas Hardy, *The Woodlanders*; ch. Xliv., MacMillian and Co., 1987.

上，我们最终必须考虑哈代对他所写的乡村世界的基本态度。矛盾并不在乡村和城市之间，一般来说，也不在抽象的直觉和抽象的智识之间。相反，这种张力在于他自己的位置，在于他自己的生活历史，在于一个普遍的变化过程之中，这种变化在他身上变得清晰而生动，因为它不仅是普遍的，而且存在于他饱含感情的观察与写作里每一个直接而具体的细节之中。

当然，每一种尝试都是为了减轻哈代身处其中的社会危机，将危机转化为打乱"永恒秩序"的更易协商、更易分离的形式。但是 19 世纪的英格兰乡村没有任何东西是永恒的。在哈代的有生之年和之前，它一直在不断变化。它不仅是那个普德镇挨着托尔普德村的地方，在那里你可以从烈士树回望我们通过哈代所知道的爱敦荒原；在哈代开始写作的 19 世纪 60 年代和 70 年代，它还是他本人所描绘的那个

> 现代的威塞克斯，有铁路、有小邮局，有割草机和收割机，有教区济贫所办的工厂，有安全火柴，有能读会写的劳动者，还有上公立学校的孩子们。[1]

事实上，这种现代性的每一个特征都在哈代出生之前既已

---

[1] 《远离尘嚣》，作者序言，张冲译，译林出版社 2000 年版，第 1 页。

（铁路在他七岁的时候来到多切斯特郡）出现。变化的影响当然还在继续。乡村并非不受时间影响，但也不是静止不变；其实，正是因为变化的时间很长（哈代知道它很长），这场危机才以特殊的形式出现。

如果我们将田园牧歌式的习惯认识强加于哈代所描述的实际关系，把乡下人当作一个古老的形象，或者以为农村欣欣向荣的景象是因废除谷物法或铁路及农业机械而瓦解，我们就会错过哈代所要展示给我们的大部分内容。谷物法的废除和廉价的谷物进口对多塞特郡的影响并不大：多塞特郡主要以放牧和混合农业为主，铁路的出现为该郡向伦敦供应牛奶提供了直接的商业优势：哈代在《苔丝》中以其特有的准确性描述了这一经济过程：

两人来到了那微弱的亮光跟前。原来，这亮光是一个小火车站上一盏冒烟的油灯发出来的。与天上的星星比起来，这盏灯就发出那么一点点亮光，实在显得可怜。但是对于塔尔勃塞牛奶场和人类来说，这颗地上的星星却比天上的星星更为重要。装着新鲜牛奶的大罐，都在雨地里卸下来了，苔丝钻在附近一棵冬青树下，稍微可以躲躲雨。

……

"伦敦人明天吃早饭的时候，就能喝上这些牛奶了，是吧？"她问道。"都是些我们从没见过的人。"……

"他们压根儿不认识我们，也不知道牛奶是从哪儿来的，还想不到我们俩今晚赶着车车，冒雨在荒野上跑了这么多路，好让他们及时喝上牛奶。"[1]

不仅如此，他小说中的社会性力量也深深植根于农村经济本身：在租赁和买卖的系统之中；在所有权和租赁制的危险之中；在好地和坏地上及情况不同的村庄里（如泰波塞斯和燧石山农场之间的对比）劳动的区别之中；在总体力量和个人历史之间的相互作用（一个有关毁灭或生存，暴露或延续的复杂领域）之下，发生在人们和家庭身上的所有一切之中。这就是他的现实社会，我们不能因为支持乡村"生活方式"这种天衣无缝又抽象的外部观点而压制哈代的真实社会。

确实，在这种占据主导的社会形势之外，在某个特定共同体的生活当中，依然存在着延续性（尽管在一个仍然部分通过口传方式进行延续的文化中，两三代人常常保有一种"不受时间影响"的错觉）。同样显而易见的是，在大部分的乡村景观中都有非常古老而且往往是从未改变过的自然特征，保持着一种完全不同的时间尺度。哈代对此非常重视，如果我们考虑到他的整体情感结构的话，这一点并不会令我们惊讶。但是，对于小说家来

---

① 《苔丝》，第207—208页。

说，所有这些因素都被人与人之间直接的、实际的关系（这种关系产生于当时存在的压力之下，最多不过是由现有的连续性来调节和解释）所取代了。

因此，哈代笔下人物承受的压力来自一种生活体制的内部，而不是外部。加布里埃尔·奥克从一个独立的农民变成雇佣劳动者之后又给地主当管家，导致这一切发生的不是城市化，而是小资本耕作的风险。毁掉亨查德的并不是一种全新而陌生的交易，而是他自己生意的发展，这生意正是他本人招来的。亨查德确实在卡斯特桥做谷物投机，就像他在人身上投机一样；在他受到观察的生活方式中，他无论怎么看都是一个商人，而且是个具有破坏性的商人；他的力量因此受到了连累。格蕾丝·麦尔布里并非一个被上流社会"引诱"了的农村女孩，她是一个成功的木材商的女儿，以这个商人的成功地位来看，他的社会期待就包括了让女儿接受上流的教育。苔丝并非被大地主诱奸的农家姑娘，而是房产终身承租人兼小商人的女儿，被一个退休制造商的儿子勾引。后者花钱买下一幢乡村宅第和一个古老的姓氏。苔丝的父亲，还有压力之下的苔丝自己，都被一个相同的进程所摧毁，在这个进程当中，古老的姓氏与骄傲是硬币的一面，受制于这姓氏与骄傲的人们暴露于压力之下则是另一面。一个家族衰落，另一个家族崛起，这是几个世纪以来一直发生在私有制及受私有制支配者身上的、普遍而具有破坏性的历史进程。女儿节上的外来者、招聘会、傲慢的教区牧师、散漫经营农事的绅士、在别处消费她财富的地主 ①：就像敬业的手艺人、那群劳工和草地上的舞蹈一样，所有这些都是乡村"生活方式"的组成部分。哈代不仅看到了雇佣劳动的现实，就像从马蒂·苏斯抬圆木的双手和芜菁地里的苔丝身上看到的那样，他还看到了经济进程中继承、资本、租赁和贸易的严酷，这一进程就在自然进程的延续之中，还不断与之发生对抗。随着这种资本主义的农业和商业的自然发展，在这种相互作用中产生的社会进程是一个等级划分和分离的过程，同时也是给人带来持续的不安全感的过程。因此，哈代所记录的深层的混乱不能以多愁善感的田园主义方式看待：不能简单将之视为乡村与城市之间的对立。那些失去保护、遭到孤立的个体，被哈代放在他小说的中心，他们不过是失去保护并遭到孤立的整个群体中最典型的例子。然而，他们绝不仅仅只是这种生活方式变化的证明。他们中每一个人都有占主导地位的个人历史，从心理学角度来说，与这种变化的社会特征有着直接的联系。

在一个自身不断变化的结构之中，流动性最直接的影响之一，就是婚姻选择的艰难性。这种情况不断重现，既是个人的，又是社会的：芭丝谢芭在伯德伍德和奥克之间选择；格雷丝在贾

---

① 这里指亚雷·德伯的母亲。

尔斯和菲茨比尔斯之间选择；裘德在阿拉贝拉和苏之间选择。特定的阶级因素，以及不稳定的经济对之造成的影响，都是个人选择的一部分，而这种选择从根本上来说是对生活方式的选择，是在与这人或那人认同时对自己身份的选择。这里值得注意的是，错误的婚姻（哈代常常对此表现出深切的关注）可能以两种方式发生：与菲茨比尔斯这样受过教育的、冷冰冰的人结婚，或是与阿拉贝拉这样粗俗的人结婚。其中最具戏剧性的是，我们可以深刻了解到国内流动工人的境况。社会的异化腐蚀了人格，破坏了其实现爱的能力。奥克和芭丝谢芭的婚姻是经历诸多波折后最终稳定下来的一个例子，但即使是他们的婚姻也不可避免地带有一种听天由命和姗姗来迟的感觉。的确，哈代迫于压力，有时会将这些非常具体的失败归结并表现为一种宿命论——在他那个时代的颓废观念中，有关宿命论的说法都是现成的。同样的，看到人同土地之间的亲密关系正在被土地经营问题所破坏，哈代有时会把自己对这种亲密关系和延续性的坚持投射到空无的自然、部落时代的巨石阵和古墓这类消极的意象上——至少在那里，孤独的观察者可以感受到知识的直接流动。但即使是这些刻意带有坚硬质感的形象——不可耕种的荒原，无遮无拦的石头遗迹——也证实了人性的消极，看上去就像是对田园牧歌的故意颠倒。在这些形象当中，整体性疏离有其特有的标记，尽管在时间和空间上，这些标记都距离当下支配世界的骚动非常遥远。

但是，关于哈代最重要的事情在于，尽管面对这些困难，他还是顶住了各种压力，将自己主要小说的中心定位于生活和工作的普通过程；自从这种艰难的流动性开始以来，他比任何其他主要小说家都更为成功。尽管他是一个受过教育的观察者，他仍然从他的大多数农村同乡生活的地方展开情节。写进他小说里的工作比其他同等重要的英国小说家书里的更具有决定性。工作不仅仅是为了说明人物的境况；而是被视为一种最重要的学习方式。他非常强烈地感受到被分隔的长久危机，最终遭遇了比这一传统中其他任何人都更悲惨的被孤立的灾难，却仍然不断地创造出生活在一起的人们的力量和温暖：在工作中，也在爱情中；在某个确实存在着的地方。

你若是站在地里不慌不忙地干活，觉得雨水在你身上慢慢流淌，先是在腿上和肩膀上流淌，接着在臀部和头上流淌，然后在后背、前胸和两侧流淌，一面还得继续干活，直至铅灰色的亮光渐渐暗淡下来，表明太阳已经落山；像这样的淋雨，显然需要具备一点吃苦耐劳的精神，甚至需要具备一点英勇顽强的精神。然而，她们尽管让雨淋湿了，却并不像我们想象的那么觉得难受。她们两个都很年轻，同时又谈论着以前在塔尔勃塞同住一间屋、同爱一个人的时光，谈论着那片令人赏心悦目的绿色大地，夏季里向人们慷慨地赐赠礼物，在物质上是人人有份，在情感上却只优待她们。①

如果哈代小说中只有疏离、挫败、分隔和孤立，以及最终的悲剧，那么他情感的总体结构就不会那么令人信服。在《林地居民》的结尾，或是《苔丝》的结尾，又或是《裘德》的结尾，虽被击败却未被摧毁的是爱情和劳作的温暖、严肃和恒久忍耐，这些是非常重要的元素，它们定义了哈代熟知的、因其消逝而感到痛心的事物。至关重要的是——我们将会看到，这是哈代与劳伦斯的不同之处，是代际和历史的差异，也是个性的差异——哈代并不赞美隔绝与分离。他哀悼隔绝与分离，却总是勇敢而坚定地直面它们。消逝的一切是真实的，令人心碎的，因为人的渴望是真实的，共同分担的工作是真实的，不曾满足的冲动是真实的。在哈代的整个想象中，工作和渴望深深联系在一起。苔丝最关键的情感决定是在工作时做出的——比如在脱粒机带来的疼痛和灰尘中，她再次见到了亚雷——这并不是情节上的偶然；而正是那种生活联系在起作用。马蒂、苔丝或裘德的激情是一种积极的力量，来自相互关联的劳动世界；这种激情以不同的方式寻求生活中的实现。所有激情都遭到了挫败，是哈代小说中最根本的情

---

① 《苔丝》，第 321 页。

节：被不和、分离和拒绝等非常复杂的过程所挫败。人们在可怕的压力之下做出错误的选择：阶级的混乱，阶级的误解，一个已然分裂的令人隔绝的世界精心算计的拒绝。

哈代坚持让普通人的世界成为他主要小说的基础，仅此一点就已足够重要。当然，让他抛弃这个世界进入另一个世界的压力也很大，那个世界有更多讨价还价的余地，因为人们不必那么苦苦挣扎，生活较少被隔绝孤立。更重要的是，哈代始终同他的中心人物在一起，以此作为对他们的肯定；在实际的情节发展中他其实还会进一步靠近他们。因此，对苔丝和裘德的肯定——通过追溯他们的失败并为之哀悼，对他们做出肯定——在他的所有作品中最为强烈。

在最初的一个作品里，他公开了自己的身份——《穷人与淑女》①就是故事里那个穷人写的；发现此书被拒是由于恶意，再加上从梅瑞狄斯那里得到建议，他又退回到了人们习惯的情节中去；他任由冲动在地下奔涌，这冲动一直令人不安，但也始终活跃；随着得到的肯定越来越多，这种肯定增强了他的视力，也模糊了他的视野：哈代就这样一路走来，走向一种不同寻常的忠诚。

"被人轻视又恒久忍耐"：并不是他故事里的那种人，他写

———————
① 《穷人与淑女》是哈代创作的第一部小说，讲述多塞特郡一个农民之子与乡绅女儿的爱情故事，具有自传色彩，书稿被出版商拒绝。

的不是那种冷淡的、有局限的、美丽如画的故事；而是在奋力成长过程中受到轻视的人——他们挣扎着去爱，去做有意义的工作，去学习，去教导；他们在这种共同的冲动中长久地忍耐，这种冲动会冲破并超越某些分隔与阻挠。这不仅仅是一个乡村的延续，而且是一段历史的延续，它现在让我确信，用哈代本人那种既肯定又反讽的话来说：哈代是我们的血肉，也是我们的草场。

5

分道扬镳

1895 年，哈代停止了小说写作。作为一位重要诗人，他一直活到 1928 年，却再也没有写过小说。《无名的裘德》被歇斯底里地攻击为伤风败俗——

这一经历彻底消除了我对小说写作的兴趣。

与之前对《苔丝》的攻击一样，这些对《裘德》的攻击让我们想起了一些被遗忘的事情：在 19 世纪所有小说家当中，哈代的重要作品是最不受英国当权派欢迎的。在这个意义上，他是乔伊斯和劳伦斯真正的前辈——尽管这是他们当中任何一个人都不想要的血统。

当然，哈代终止小说写作的原因远比这复杂。但 1895 年这个时间，单纯作为一个日期，可以用来标示英语小说中的一个新局面。我的意思不仅仅是说它感觉像是 19 世纪伟大的现实主义传统的终结。在某种程度上，我们一定不能切断这一点：从哈代到劳伦斯的连续性是至关重要的。但是在《无名的裘德》和《儿子与情人》之间，实际上隔着一代人：失踪的一代人。然而，19世纪 90 年代至 1914 年间发生的事情对这部小说来说有着至为关键的重要性。这是一个危机时期，也是一个分道扬镳的时期。当时选择的不同道路，以及伴随每个创造性选择而来的争议，都以重要的方式与我们自己的世界联系在一起。当时出现的一些问题，我们现在仍然没有解决。事实上，核心问题——被分为"个人"或"心理"小说的一类与另一类"社会"或"社会学"小说之间的关系——虽然可能以新的方式存在，却仍然是我们创作的主要困难之所在，也是我们关注的核心。

与此同时，作为一个不及创作困难重要但显然也会影响它（就像某个批评性的语境，某个批判性的词语，不可避免地会影响到创作那样）的问题，我们必须面对这样的事实，即在学术上，在专业上，道路的选择已经被一种明显的和确定的偏好所压倒。从 19 世纪 90 年代到 20 世纪 20 年代，由这些道路选择中产生的小说，仍然古怪地被称为"现代"小说，当劳伦斯不得不在某种程度上与之和解时，就更显其古怪。这一命名告诉了我们很多，它表明在当代英国，"现代"是指我们的祖父和曾祖父所处的时期。但是由于我们可能会看到的某种原因，小说对这个时期的记录就卡在了那里，很难跳过这一段再继续下去。"现代"这种批判性的颂扬，如你所知，正在自我延续并且兴旺发达之中。

当然，当我说哈代与劳伦斯之间存在一段空白时，你一定马上就开始填空了。填充的名字如下：詹姆斯和康拉德；福斯特的早期小说，除《印度之行》之外的所有作品；接下来当然是H·G·威尔斯-班内特-高尔斯华绥的绅士组合。这些作家都是我想要讨论的（尽管我稍后会更多集中在康拉德身上）。并不是因为把他们放在一起我就有希望充分说明每位作家的具体特点以及他们相互之间的关系；而是因为我认为，更重要的是看清楚那些选择是什么，其影响和后果是什么，并且让这种审视保持积极态度，而不是常见的那种一个群体对另一个群体的一决胜负。我现在可以说，我论点的核心是，道路的分歧，选择与选择带来的影响，对于我们所熟悉的展示和记录方式来说，实在过于严肃和复杂了。弗吉尼亚·伍尔夫的文章《班尼特先生和布朗夫人》可以印在牛皮纸上，作为展示文稿送给任何已经对这些重大问题抱定看法的人（尽管可能不会真这么做，考虑到一般的批评惯例，这得花费一大笔钱）。无论如何，我想要表明的是，这些议题仍然非常切实，且悬而未决；我的意思是，这些议题与我们自己所处的世界切实联系在一起。

1895年。之前我已经指出，在19世纪70年代末80年代初，维多利亚时代就结束了。当然，女王仍然健在，这不是她的错，而是我们的错，如果我们选择靠这些独一无二的天选之人的生活来描述我们的历史，就会弄得一团糟。一个在社会、文化、经济和政治各方面全新的历史时期开始了。从 19 世纪 70 年代末到 1914 年的战争前，这一时期的特征清晰可辨。在过去二十年里，零星的证据积累在 19 世纪 90 年代达到了一个临界点。这是哈代小说写作的最后一年，《无名的裘德》出版的一年，也是威尔斯登上文坛的第一年，《时间机器》出版的年份。亨利·詹姆斯从头到尾全面描述了处于明显变化中的这个时期。威尔斯和詹姆斯之间重要而充满个性的争论，就在这一时期的终点——1911 年到 1914 年——达到了决定性的临界点。我首先要强调的，就是这个新兴的、决定性的、正在分裂的世界。

这里有必要指出，在那个时期，某些非常重要且决定性的东西正以许多其他方式（小说之外的其他方式）发生在所谓的英国传统之中。我本人来自边远地区，一直为"英国传统"这类大词感到不安。我必须同时以两种方式看问题，同时站在地方和国家的立场上。英国文学，英国小说，是指用英语创作的文学作品和小说；在这一时期之前，美国英语作家的重要而富有创造性的作品就已经作为一种传统（一种至关重要的传统）加入英国文学之中。在这一时期之后，其重要性也日益增长。在所有的文学作品中，除了英格兰人之外，来自其他文化区域的人也做出了贡献：苏格兰人、爱尔兰人、威尔士人。但总的来说，在 19 世纪的小说中，有一种非常特殊的英国特色。玛丽安·埃文斯有边地的亲戚，但她所在的郡是沃里克郡。在小说家出现之前仅仅一代，勃朗特家族还在唐郡[①]的布伦提斯，不过小说家这一代才是最重要的。迪斯累利，是的，这个例子有点特殊，但我也会接受比肯斯菲尔德这个封号的，就像他所做的那样[②]；国家意识就是这样产生的。梅瑞迪斯——我不得不用这种英语发音方式称呼他，因为对他来说就是如此，虽然在威尔士发音很不一样。梅瑞迪斯是英国人。还有狄更斯、萨克雷、特罗洛普、伊丽莎白·盖斯凯尔、托马斯·哈代：都是英国人，格外的英国。重要的并不是出身，而是共同的意识，共同的文化；一系列非常具体的共同关注，共同关心的事物。这种共同文化当然会受到干扰，严重的干扰，这正是我一直想要重点指出的。但英国小说，特有的英国小说，就是有一种创造性的信心，创造性的核心，一直令人印象深刻。

自从 1895 年以后情况就不一样了，原因当然有很多。由于 19 世纪 30 年代到 19 世纪 70 年代的严重干扰，某种新的英国逐渐形成了；某种更加自信、更加固化、边缘不那么粗糙的英国；一个全新意义上的英国，许多真正的困难就是从这里开始的。这

---

① 唐郡位于北爱尔兰东南部、爱尔兰岛最东端。

② 迪斯累利的父母亲都是意大利籍的犹太人，他本人在犹太教的熏陶下成长，后来成为英国历史上最伟大的首相之一，得到维多利亚女王授予的比肯斯菲尔德伯爵封号。

个英国以多种方式呈现，但我要说的只是那个已经形成的自信孤立的中产阶级。这个阶级，你能看到、听到它跨越整个世纪一路走来，但现在它已经成功到站，并且安居乐业。**英国**中产阶级，一种全新意义上的英国人——在其与世隔绝中的独立和强大，也许不过是因为，那个岛屿在一个岛内统治着一个帝国，统治着半个世界。

碰巧就是在这一点上，英国对我来说成了问题。我不属于，也不希望属于当时意义上的英国。但我当然是尊重它的，我必须为了它的真实成就而尊重它。尤其是在科学领域，英国是非凡卓越的；而在技术、学问和行政专业领域，就算不是出类拔萃，至少也很强大。但它的弱点，它非常严重的弱点，在于思想和想象力：并非源于某种民族性，或缺少某种民族性——我根本不接受这种说法，它不真实也不正确。从布莱克到哈代，从柯勒律治到莫里斯，正是在想象力和思想领域，确立了英国人——以及工业革命之后那个时期，传承着已是主流想象力与思想文化的英国——特有的伟大之处。但在那个特定的时间和地点：19世纪的最后几十年，我们自己这一代的第一个十年，英国软弱无力，问题重重。

我们必须牢记，英国文化是一种主导文化，它通过自己那奇特的网格，过滤其他文化、其他阶级，注定要成为主导。其中有点堵塞网眼的，是一个新起的具有自我意识的实验性少数群体——逸出常规、出言不逊的波希米亚人和艺术家们。在这个群体被这种文化所有配套的、相互关联的现代化机构收编之前，许多真正具有创造性的作品来自其他群体：来自一直被非常明确地排除在男性世界之外的女性（19 世纪女性小说家的重要性是众所周知、引人瞩目的）；来自流动的、与所谓的下层或中下层阶级联系在一起的个体——卡莱尔、狄更斯、哈代。但在新时期，这一点要显著得多；确切地说几乎是独一无二的。在整个20 世纪，至少在第二次世界大战之前，新加入的少数群体相当引人注目。叶芝、萧、乔伊斯、辛格、奥凯西；亨利·詹姆斯、T. S. 艾略特、庞德；康拉德。这些作家来自其他民族，其他国家，那个时期富有想象力的主要作品，就出自这些移民，这些外来者。当然，这在一定程度上是对大英帝国的反应，就像 5 世纪雅典 [①] 的天才人物必须根据他们从哪里来到这个绝对的中心来确定其资格一样。但还远不止此。从此以后，这是一个被越来越多问起的文化问题：哪里，顺便问一下，英国人在哪里？好吧，劳伦斯算是成了英国人，就像卡莱尔、狄更斯和哈代已经成为英国人一样。但在那个秩序固化的阶段，除了福斯特，只有威尔斯-班内特-高尔斯华绥这个神秘莫测的人物算是英国的。值得

---

① 公元 395 年东罗马帝国（拜占庭帝国）建立后，崇尚希腊文化，希腊为拜占庭帝国的核心组成部分，雅典仍然是希腊文化的象征，众多人才向往之地。

反思的是——也确实有必要反思——否定这个人，否定这个合成人[①]的反应，在多大程度上受到后来关于英国人的界定的影响，在这一版本的界定中，英国人已经变得多么狭隘、多么缺乏想象力、多么浮夸和物质主义了——英国人！

在这一时期，对社会流动存在两种截然相反的观点，这一事实深刻地影响着小说。到目前为止，在我一直追踪的所有小说家身上都以不同的方式表现出一种危机：一种语言和形式的危机，语言和形式内部的紧张关系。这种危机现在进入了一个新的阶段。实际上，我得说，曾经的紧张现在变成了分裂。我们在乔治·艾略特和哈代身上看到的那种内部失调变得过于强烈，过于躁动，以至于任何一个作家都无法再控制（劳伦斯虽然试图控制，我们也会看到那是多么艰难的挣扎，这挣扎最终让他付出了代价）。

语言和形式的内部失调。但我始终在强调，这都是关系的问题，基本关系带来的问题：涉及其他人、其他群体、其他阶级的关系，与其他人、其他群体、其他阶级的联系；但这些关系始终对作家的意识（失调经验的意识）产生着影响。受过教育的和遵循习俗的，公共的和私人的——这些都是固定的、让人平静的术语，对于所有最有趣、最敏感的心灵来说，它们不是定义或分

---

① 这个人指威尔斯-班内特-高尔斯华绥，是三位作家的合体，所以后面又说"他们"。

类，而是不断变动的、无意识的历史。这并不是说这些新思想不那么严肃。他们必须坚持、必须努力看到其整体的那一切，本身就是更加复杂，更加分裂和令人不安的。

例如，19 世纪 90 年代的英国并不比 19 世纪 40 年代"两个国家"①时的社会分裂程度低。它更先进、更繁荣，但也更理性、更客观、更自觉、功能上的划分更明确。

> 那座大山庄，那座教堂，那座村庄，那些地位不同、身份各异的劳工和家仆们，在我看来，可以说是一个封闭而又完整的社会体制。我们周围的其他村庄、大庄园、家家户户，纵横交错，相互依存；乡绅们，超凡脱俗的大人先生们，来来往往……我想这就是整个世界的秩序……这似乎正符合那个神圣的秩序。②

这是威尔斯在《托诺-邦盖》里谈及布莱兹欧弗山庄的一段话，他的母亲在那里做仆人。当然，如果仅仅是这样，这段话不会有任何新意。这是简·奥斯丁描述过的世界，乔治·艾略特曾进行过扩展，之后又在压力之下退了回去，只写想法和对话。但

---

① 19 世纪 40 年代，英国南方和北方分别代表着农业的英国和工业的英国，社会氛围很不相同，被称为两个英国。
② 威尔斯：《托诺-邦盖》，蒲隆译，外国文学出版社 2002 年版，第 8 页。

威尔斯写了下去：

> 然而所有这些浮华的外表已经元气大伤，有一些力量在发挥作用，很快就会把我母亲生活在其中、并谆谆教导我要深知自己的"身份"的那种精心构制的社会体制打入"冷宫"，而这些情况即便在托诺-邦盖基本推向世界的时候，我还没有明白过来。①

这才是真正的重点：意识，认为一个时期走向终结的意识；但这终结是在某种"封闭而又完整的"、某种外表牢固而又绝对的东西内部。

> 这就好比明媚十月的一个清晨。变化之手已经神不知鬼不觉地按上它的身体，先按一会儿，如同半推半就，然后一把抓住了事。突然一场霜冻，一切面目就会变得光秃……②

或者再一次解释并定义一个新标记：一种新意识，对于"现代"的自我意识：

---

① 威尔斯：《托诺-邦盖》，蒲隆译，外国文学出版社 2002 年版，第 8 页。
② 同上书，第 9 页。

在两百年前，英格兰就是地地道道的布莱兹欧弗；英
国的确有过选举法修正法案或类似的变革方案，但从那以后
并没有根本性的革命；所有现代的和不同的事物都是硬闯入
的，或是在占主导地位的规章制度上面镀了一层光，不是显
得气焰嚣张，就是显得面有愧色。[①]

这是威尔斯很重要的语调：现在很容易、简直太容易被忽视
的某种语调；这语调开诚布公又咄咄逼人，就像沿着一条尚未修
筑的全新道路竖起的里程碑。但他所说的一切显然是真实的，包
括他说这句话时那种表达方式：

所有现代的和不同的事物都是硬闯入的，或是在占主导
地位的规章制度上面镀了一层光……

因为在他写作的那个时代，占主导地位的模式不仅仅是一个
传统的共同体——布莱兹欧弗的乡村别墅世界，还包括传承下来
的，那种小说的塑造形式。

现在，确实是在这里，分裂发生了。接受那个世界，那种形
式，就是以一种非常深入的方式接受它的意识。当然还伴随着各

---

① 《托诺-邦盖》，第 14 页。

种各样的限制和改进，以及强大的压力、自觉的而又错综复杂的压力。这压力就在那个来自想象、又引发想象的圈子内部。质疑这个圈子本身，考察组成它的各种关系（由财产、收入、工作、教育构成的深刻关系），不仅在表面上（提出尖锐的问题，发表激进的看法）是激进的，而且是决定这种意识本身的结构上的断裂；这似乎不仅是对小说形式的攻击，也是对文学思想本身的攻击。

这就是威尔斯的重要性，也是他与詹姆斯争论的真正意义所在。你只需要读一下他们论战的介绍——一种当代的介绍，由坚定地站在争论一方的批评家所写，其倾向藏得很深，几乎难以察觉——你只需要注意他们的语气、术语，以及他们在当时讨论中的熟悉程度，就能看到这种差异是多么重要。一旦你真正意识到这一点，从布莱兹欧弗逃出来就等于同时打破了所有的惯例。对哈代来说，离开伦敦周边 ①，离开那个决定性的世界，情况有所不同。哈代安静地生活在英格兰很活跃（在各种意义上都很活跃）的地方：在一个相互联系的社会当中。当然，这就是为什么，他很快就被称为（被列为）地区性小说家的原因；或者用一个真正能达到目的的词来形容，就是外省的。所有那些不是伦敦周边郡的社会形态——指的是从圣詹姆斯一直扩展到像布莱

---

① 原文为 Home County, 指伦敦周围各郡。

兹欧弗这样的地方，再扩展到加尔各答和波士顿这些地方——另外一个英格兰的所有地方和感情都是外省的；就让那儿以民间的方式拥有其地方的、外省的作品吧。但是，在现代意识形成的地方——中学、大学、俱乐部、乡村别墅里——没有人会认为自己面对着一个区域、一个分支；他认为此刻就置身于中心，世界的中心；这个中心可以凭借训练有素的自信心，掌控英国的一切，掌控文学的一切。

当然，《波因顿的珍藏品》[①]与高尔斯华绥的《乡间别墅》处在完全不同的层面之上。顺便说一下，这就是威尔斯-班内特-高尔斯华绥这个合成人的错误所在。在所有重要的作品中，班内特因其非常优秀的早期作品，成为一位本地的，也就是说，一位英国小说家。这种联系，可能是从乔治·艾略特和哈代再到劳伦斯，后者非常了解班内特。但到了这个新的阶段，当然也是因为他自己没有定力，没有坚持不懈的创作自主权，他被吸引、被卷入、被推向了那个支配人的、调和一切的中心。高尔斯华绥从一开始就在这个中心里。高尔斯华绥在屠格涅夫之后对这一中心进行了深入细致的内部研究，但屠格涅夫是一个流亡者，一个真正的流亡者，这就让一切都不一样了。高尔斯华绥当然是自我批判

---

① *The Spoils of Poynton*，亨利·詹姆斯的小说，女主人公具有高超的艺术鉴赏力，却并不看重继承来的珍品，作者称许女主人公不为物质利益所桎梏的"自由精神"。

的，也就是讽刺的，但讽刺显然也是在一定范围内，在这个中心的范围内。他实际上能达到的最远的距离，只是一种表面上的分歧，这在中心内部是可能的：商业人群和艺术人群之间，循规蹈矩者与滥情者之间，胆小鬼与害群之马之间。这是同一种小说，只不过紧张关系都停留在表面上；无伤大雅，不会令人不安，而是在安排好的情境中（通常是有效的和令人难忘的），形成对比鲜明的人物形象。通过这些安排好的冲突，以及它们对变化和改革的持续暗示，表现出一种不容质疑的连续性：那感觉就是，唯有如此才是人的标尺。

威尔斯就很不一样。他最终没能成功；他转向"世界政府"①的原因就像劳伦斯移居墨西哥一样明了。但直到1914年，直到真正的突破（那不仅是一种躁动不安的能量——流行看法准备把原因归于外来者——也是一种创造性的能量，小说中的创造性能量）超越以往的创作之前②，他最简单的成功当然是所谓的爱情小说（这又很像"外省的"）。他避免撕开无缝衔接的布料，小说的传统肌理，靠的是把自己对变化的意识——他的历史感和变革的紧迫性——带出社会小说和强烈的现实主义之外。在现有

---

① 威尔斯是全球主义技术治理思想的最早提出者之一。他认为未来社会应该由专家掌握公共治理权力，推动世界国家或世界联邦向前发展。
② 真正的突破指威尔斯于1914年出版的科幻小说《获得自由的世界》，威尔斯在书中提出建立一个"世界政府"，负责重建被原子弹摧毁的世界。

的环境下，这些问题永远不会出现在社会小说和现实主义小说里；或者更确切地说，可以作为问题提出，但永远不能转化为情节。《时间机器》结尾的莫洛克人和埃洛伊人；彗星经过时人类意识的改变；隐身人对习俗的破坏：在一个不是那么调和的世界里，这才是真正的出路。基普斯和波利先生是逃离体制的人：在这里我们看到了另一种选择，一种无法抑制的幽默和能量改变了一个世界，但不是狄更斯式改变世界的幽默和能量；只有无休无止的自我意识，自我中心的得意洋洋，几乎是辩解般地主张生存的权利。

我对此有强烈的感受，就像多年前我对刘易斯汉姆①制定考试时间表的强烈感受一样：他是我在小说中第一个明确认同的角色。但这是一场游戏，你知道（可以还原为那句习语）：只是一场游戏，老家伙。就像三十年后奥威尔的《上来透口气》里的保灵先生一样，他是条挣脱链子的狗；快乐的狗，悲伤的狗。更像我们，像随便哪个福尔赛或沃伯顿②一样，只是静静待在偏僻角落里或者在朋友中间当众表演。总是怀旧，舒适的怀旧，一种青春期的怀旧，与乔治·艾略特、哈代或劳伦斯那种痛苦和令人流泪的成年记忆相隔了整整一个世界（但仍然深深联系在一起）。

---

① 威尔斯 1900 年出版的《爱与刘易斯汉姆先生》一书中的主人公。

② 福尔赛是高尔斯华绥小说《福尔赛世家》中的一个英国贵族家庭，沃伯顿是亨利·詹姆斯《一位女士的画像》中的英国贵族。

当然，我们都希望河边有一个小酒馆，在那里我们可以活下去，也可以让别人活。当我们感到疲惫，或者当普遍的变化太难以适应或太令人不安时，我们希望它存在。这是小资产阶级动人的一面，美好的一面；通过强调小人物，这个小小的人类半岛试图忘记大资产阶级的大陆是什么样子（在这种回避中有一些真正的温暖）。

很遗憾，这种意识逐渐成长为威尔斯与班内特所共有的意识，已经无处不在：生机勃勃的厚脸皮最终变成极端的商业主义：不再是保灵先生，而是诺斯克利夫①，除了他还有《每日镜报》和英国独立电视台；从布莱兹欧弗到托诺-邦盖实现飞黄腾达（所谓的飞黄腾达）。我想，正因为如此，亨利·詹姆斯和马修·阿诺德的魂灵才会被如此频繁地召唤：他们用一种封闭又错综复杂的严肃性，对抗所有欢快的勃勃生机，勃勃弹跳那么快就变成了机械的重击，几乎要锤断你的肩膀。这是解决我们的困难的一种方式，我们认为，在这里——只有在这里——我们必须做出选择。②

---

① 英国报业大王，创办《每日邮报》，《泰晤士报》老板兼主笔。

② 亨利·詹姆斯和马修·阿诺德都坚守"精英"立场，主张以精英文化对抗大众文化。威廉斯在这几段中的主要意思是，与乔治·艾略特、狄更斯、哈代一样，威尔斯的小说也存在思想与形式上的不和谐。与亨利·詹姆斯小说关注"心灵"不同，他关注社会的变革，突出了19世纪末到20世纪初英国社会的阶层矛盾；与班内特晚期创作走向妥协调和不同，他后期不再写现实主义的作品，而是通过科幻传奇继续批判现行制度；他不愿意延续英国小说传统（精英的传统）来表现剧烈变化的现实，作品形式不能完全与思想意识相协调。

　　然而，关于威尔斯，我们必须要说，这是多么古怪的事情啊，他竟可以想象世界的转变，整个体制的改变，一个现代的乌托邦。这当然是关键：最后一个词，乌托邦。威尔斯在他的时代是独一无二的，因为他非常清楚地看到了即将到来的变化的规模，以及必须为之奋斗的改变。他无法用任何单一形式将二者结合在一起。但他利用了这种距离，想象中的距离，这种技巧是他喜剧和预言的基础。现在，历史节奏和生活节奏之间的差异是一种熟悉的体验：我的意思是，这种差异，存在于高度固化、高度遵循习俗但又资源丰富的社会中。我们不应该把他最终抛弃文学看得太严重——我的意思是，当他说他不想要文学、不能利用文学，而宁愿写点别的东西时。我们不应该把这话太当真，不能因此而忽视他，忽视他的问题。如果你以传统的方式思考，你知道什么是文学，什么是无缝衔接的结构，那个循环（那个传统的循环）包含了什么，你可能会这样做。从威尔斯开始直到现在，我们看到小说创作真正的困难和紧迫性在于：形式的混乱，利益的重叠，想象、社会批评和社会记录在形式上的分离，这种分离在实践中随着实际利益的重新结合而不断瓦解。利益（更古老的命名当然就是普遍的人类经验）的相互作用正是文学不可避免要表现的所在。

　　而我们必须尝试尽可能准确且公正地说出，历经所有这些失调，文学发生了什么，那种天衣无缝的文学发生了什么。只有承认这种失调，我们才能认真地做这件事；我的意思是，承认其必要性和现实性。如果我们说这种失调是某种体制（我们称之为社会学、唯物主义或者技术至上主义）造成的，我们会获得一些修辞上的胜利，但代价却很惨重；实际上，这是以牺牲任何文学延续性为代价的，尽管还残存着对过去功成名就的文学的强调，非常纯粹的强调。因为激发威尔斯的那些问题——与激发劳伦斯的那些问题非常相似，尽管语气不同，而且这些问题仍然与我们关系密切——是必不可少的问题，可以追溯到狄更斯、乔治·艾略特和哈代在表达上的失调。

一个稳定的社会，一个已知的文明，能够最清楚地提供的东西，就是对人的强调，它是一个强调人的重要性的地方。鉴于其稳定性，我们可以看得长远和深入一些；看看人的可能性，看看个人的优点和缺点，它们总是错综复杂地交织在一起；以一种严肃的态度去看、去研究，这种严肃性真的取决于某些已经被排除的其他可能性：即战争、贫穷、革命性的冲突。19 世纪中期小说的变化正是由这些干扰造成的不可避免的变化：作家突然绝望地意识到，在我们所有积极的人际关系中，是什么正处于危急关头。

这种意识在世纪之交再次出现：与 19 世纪 40 年代作家的同样迫切，同样无奈。但现在我们必须看清，结果是截然不同的。新的社会和历史意识更加普遍了，也必然是普遍的，因为观察的范围扩大了。这不仅仅是一个社会、一个国家内部的危机：在从狄更斯到哈代的这一代作家身上，这种特殊的英国性是一种力量，一个焦点。以前并未明言的更为宽泛的问题现在变得明晰了：这包括战争和帝国主义，当时还很遥远或者边缘化；贫困与革命，当时有了新的国际意义。从这些确实决定着生死的人类危机，到那些可以被直接地、具体地理解为人性危机的危机（就是那种体验，那种关系——看得见、摸得着的体验和关系；被詹姆斯如此正确地称呼、强调的"感受到的生活"的结构），存在着一条极为漫长的道路——看起来长得不可思议，现在似乎仍然如此。

这并不是说战争、帝国主义、贫穷、革命只是被统称为政治的抽象概念，与生活无关，是"人类生活之外的东西"：当我们真正思考布莱克的创作时，布莱克的这个说法是不能移植的，不能移植到当下活着的几代人要直接或间接地进入每一种体验和每一种关系的过程中，正如乔治·艾略特所预见的那样。我所说的存在于19世纪90年代与第一次世界大战之间的分裂，在某种程度上是不可避免的；只有一个影响深远的变化能够阻止这一分裂。但就是从那以后，尤其是在小说当中，人们试图将"社会的"和"个人的"作为可分开的过程、互不相关的领域来讨论。"社会的"——我们都已经看到了——成了贬义的"社会学的"，"社会学的"兴趣在于"人类生活之外的东西"，在于阶级、统计数字、抽象理论、制度。"个人的"——我们对此注意得比较少——成了"人性的"整体，受欢迎的、被认可的"人性"话题——爱情、友谊、婚姻、死亡。现在大家可以在任何地方迅速挑起对这两种定义的争论：两个定义中哪一个才是真正实质性的、决定性的、重要的、有意义的。各派之间相互冲突，更多时候是相互忽视与相互轻蔑。"社会学的"也许是你以为最大的嘲讽了，直到你听到栅栏另一边传来一个词："文学的"。五花八门的思想体系（这真的很奇怪）挺身而出，支持各个公国。人们各自坚持那确定无疑的现实就在我这里，或者他那里。其他人正在做的事情，正在做的所有一切，都被命名为虚假意识和上层建筑，合理化与欲望投射。在这个新的边界上，作家似乎被要求出示一张清晰的身份证明：他是诗人还是社会学家？感兴趣的是文学还是政治？致力于现实还是仅仅关心偶然和个人？一个一直不大稳定的文学共和国，变成了一连串相互嫉妒和争吵不休的国家和地区；最终沦为战场。在这个过程中，不知不觉间，天衣无缝的文学布料已经被轻易而放肆地夺走了。

我并不是说它被詹姆斯带走了：至少不是在他的作品中，尽管他那些评论性的序言表现不一样。挑起甚至亲身体验对詹姆斯的偏见是很容易的：正如威尔斯在《布恩》[①]中所表达的

[①] 《布恩》是威尔斯的论文集，全名为《布恩、种族的思想、魔鬼的野驴及最后一击》(*Boon, The Mind of the Race, The Wild Asses of the Devil, and The Last Trump*, 1915)，他在书中嘲讽亨利·詹姆斯的小说艺术，严厉批评其审美诉求。

那样——

　　所有的光线都聚焦于高高的圣坛。在圣坛上，非常虔诚
　　地摆放着一只死猫，一个蛋壳，一根绳子。

　　这么说根本不对，重读几分钟詹姆斯的书就会发现它根本
不成立。非常严肃的人类行为是他所有最好的作品的中心，这
句话可以说明大部分问题。碰巧的是，都是非常严肃且非精神
的行为。他的小说比威尔斯更唯物主义，威尔斯本质上是个理
想主义者，幻想家。詹姆斯告诉我们，他差不多会在脑海里重
写每一本读过的书；他甚至在读过威尔斯的《最早登上月球的
人》后这么做了——这么想过。但他真正能重写的，应当归入
他的维度并因此给予很大提升的，是高尔斯华绥的作品：这就
是传统的分类真正失效之处。他没有高尔斯华绥那种疗救社会
的兴趣，也就是说，对改变现现状的兴趣。他从小说中排除了
道德和道德说教之外的任何主要元素（尽管人们赞扬那种排除，
为摆脱说教而高兴，欢迎关于生活的精致作品——即艺术——
这一点众所周知），任何了解，任何展示，任何呈现——用詹
姆斯的话说——都不可避免地是道德的。选择和定位是一种判
断，尤其是在他那个位置上的人可以做出的一种判断；一个不
寻常的人自己也利害攸关卷入其中。但是，他真正排除的是

历史 [1]：那是从司各特开始，经过狄更斯、乔治·艾略特、哈代到劳伦斯（但没有到乔伊斯）的另一个价值维度，它改变了散文小说。

居于詹姆斯作品中心的，是一些最深刻也最残酷的人类难题：人们相互利用、背叛、辜负、毁灭。从这个意义上说，这不是一个小世界，当然也不是遗骸或蛋壳。既然威尔斯已经提供了一个意象，我会提出我自己的意象来概括它。它并不是一个圣坛，因为其中没有丝毫虔诚。穿透那精心设计的、息事宁人又含沙射影的语气，你会发现它是虔诚的反面；当你触及核心时，它甚至是残酷的。但我想起了乔治·艾略特《丹尼尔·德隆达》里的第一个场景，人们正确地将这个部分视为詹姆斯的一个范例，那场景发生在

> 那些启蒙时代就建好的辉煌的度假胜地之一……一种适合人类呼吸的冷凝器，很大程度上属于最高时尚……那氛围……被精心酝酿成一种可见的薄雾。[2]

---

[1] 威廉斯批评詹姆斯对历史没有兴趣，这一观点有失公允。威廉斯本人在采访中承认："我对詹姆斯的评论受到了辩论语境的影响。"因为本书主要反驳利维斯的《伟大的传统》，反对利维斯对代表"精英"趣味的詹姆斯的推崇，所以突出了詹姆斯创作中对"心灵""个体"的强调。参见雷蒙德·威廉斯：《政治与文学》，樊柯、王卫芬译，河南大学出版社 2010 年版，第 253 页。

[2] 这几句话出自《丹尼尔·德隆达》第一章，开篇以德隆达超然反讽的视角呈现了这个度假胜地赌桌旁的各色人等，最后集中在年轻女子关德琳身上。除了德隆达，威廉斯文中提到的小男孩是唯一置身事外、不参加赌博游戏的一个。

当时正在发生的事情就是赌博，"人人全神贯注，表情呆滞，如煤气中毒一般"，不过有一个超然的观察者和一个小男孩正在朝门口张望。但是注意桌子那个意象，人们围在桌边游戏，做出种种极其严肃复杂、性命攸关的举动，可氛围仍然是消遣性的，还有一个想象的圈子将他们隔绝，不但与财富的来源之处隔绝，还与直接的人际关系、与创造、与真实而相互关联的生活隔绝。那张桌子上坐满了全神贯注的玩家，说着他们自己的语言，而那个目光锐利的观察者，如此精准地看透了这种游戏，看穿了那层薄雾，还有那个正望向门口的男孩，这些在我看来——我的意思是，作为一个意象，桌子——就是真正的詹姆斯世界。

我认为，这就是为什么他的小说艺术在同类别中如此优秀的原因。那种专注，那种处理方式，都非常出色。我常常觉得，詹姆斯的作品（《一位女士的画像》仍然是最好的例子）中，人类语言的复杂性、特殊性，以及相应的品质，从来不曾被渲染得这么出色过。这是一个特定阶级所讲的语言，起初并没有多大不同；所有语言在某种意义上都是特殊的。但让我同样震惊的是，正是这种处理方式，这种渲染，才是决定性的中心。我指的不是对他人的决定性，我指的是那种渲染，全神贯注的渲染，对"精心营造成可见薄雾般"的单一现实的渲染。也就是说，在詹姆斯的作品中，这一点的影响是非常重要的，在表面上具有连续性的形式当中，发生了如此重大的转换——正如我已经指出的那样，重点的改变是在乔治·艾略特的作品中开始的——导致我们用同一类名称来指代两种虚构，两种小说，那就是"心理现实主义"。其中真正发生的，是从所指到能指、从素材到以素材为基础的著作、从生活到艺术的转化过程。

这种艺术，我们说得简单一点，也是生活——除非说艺术与生活无限近似，否则两者就没有区别。观察的行为，创作的行为，描述和呈现的行为，其本身就是一种紧张的生活。但无疑是一种，用"心理现实主义"并不足以准确地描述或定义，或者根本就无法定义的生活。在詹姆斯的作品中，真正重要的是表达，通过表达，小说成为它自己的主体，与威尔斯后期作品截然相反，在威尔斯小说中，是那个孤立的主体成为小说。换句话说，在詹姆斯小说当中，意识，几乎是意识唯一的客体和主体。这就是詹姆斯关于写作和作家的故事——《大师的教诲》、《地毯上的图案》或者《狮子之死》，或者是《下一次》——兼具敏锐和轻松的源泉。但在更大的作品里，意识本身就是一个目标，当然它也揭示了很多东西。这种小说并不是唯我论者的小说，恰恰相反。这就是"个人"和"社会"的分离、撕裂让我们感到困惑的地方。由于意识是社会性的，它的探索，它的呈现作为一个过程，是不可避免地联系在一起的。在这里形成的人物，意识中（对所做或所说的这件事或那件事的意识）的人物，与世界上任何人物一样动人，一样相互关联，一样被认可。我们甚至可以说，通过一种奇怪的矛盾，比那些在可见的薄雾中未经精心营造的形象更有形，更触手可及，更易辨认，更不可否认；那些未被精心营造的人物——也称不上是人物，男人们和女人们——他们可能会站起来走开，对于一个始终自觉的、并不卷入其中却高度专注的小说家来说，他们是不可理解的，无法以上述方式接近和塑造的。

就是在这里，最终形成了我所说的分裂。不单是"社会"现实主义或者"心理"现实主义的分歧，尽管这是一种表述它的方式：在任何已知共同体的内所过的复杂生活，以这样或那样的方式拉动他们在社会认同中公开的共同行为；或者他们未表达的欲望、依恋、个人身份的变化。到了下一代，分裂就这样成了定局：似乎必须在两种现实中选择一种。但在这个决定性的时期，这仍然是一个关系的问题，作家与什么相关联的问题：当威尔斯说詹姆斯压倒一切的关联是"小说"时，他（曾有许多失误）切中了要害。

我们看到詹姆斯批评上的偏好，詹姆斯对前辈的选择和拒绝，他试图建立的那个传统就以另一种方式出现了，尽管有时会让后来的鼓吹者感到尴尬。他评价福楼拜是："对我们这个部落中的大多数人来说都是位小说家"（注意"部落"这个词，写作群体现在是最知名、最可知的共同体，这是根本性的变化）。福

楼拜的困扰

> 是精神上的困扰，是文学想象方面的困扰，而且，虽
> 然在精神上他完全是入世的，然而在本质上他却又是
> 隐士式的。①

他说福楼拜有一种别具一格的（可以说有点滑稽的）才华；这是非常准确且颇具参考价值的说法："精神上的……文学想象的。"但狄更斯却是：《荒凉山庄》《小杜丽》《我们共同的朋友》——"勉强地……费力地……仿佛用铁锹和鹤嘴锄挖出来的一般。"（这些比喻中流露的语气正说明了一切）或者再如：

> 一个以那些最简单的激情为基础的故事，我们只能在那
> 些情感中寻求对人物真实的和最终的呈现，我们必须以一种
> 超乎那些情感之上的智识优越感讲述这个故事。

"智识"与"情感"：这是讲故事的一种方式，关于"智识优越感"的观点当然与之相关。这个幽灵（指智识优越感）经常穿着明显是借来的或不合身的衣服，穿过许许多多文学教育的走

---

① 亨利·詹姆斯：《小说的艺术》，朱雯译，上海译文出版社 2001 年版，第
　　127 页。

廊，困扰着我们。

但这其实并不是心智能力的问题；而是一种关系，"智识"与"情感"，小说家和"他的"人物之间的关系；我在乔治·艾略特和哈代那两章中定义的关系；一个社会——可知的社会——就在小说家与其他人之间的关系当中成为争论焦点并被决定。

对托尔斯泰最关键的评论是这样的：

> 这位了不起的图解能手，其方法与素材是互相脱节的。

而威尔斯和班内特则被视为托尔斯泰的"稀释版"接班人。这听起来像是个批判性的观点，现在通常被认为是对"方法"与"素材"的批判性观点。但是，正是这些用语表明了一切，因为詹姆斯在托尔斯泰那里感受到的关系——困扰着他确实也应该困扰他的关系——在他看来根本不是"艺术"的问题。那是作家与其他人之间的关系问题（也是作家与他的作品、他自己之间的关系问题）。如果你觉得必须要找一个次要答案的话，这儿有一个。托尔斯泰在小说中创造、营造、书写了一种紧张的生活，其广度和持续关注的力量显然是詹姆斯无法与之相比的。但这并不是重点。托尔斯泰不能接受这种对于关系的意识，它正在成为——唯一的，甚至傲慢的——"文学"：这种文学通过最后的伟大人物，最后的英雄、小说家、能指，不断地书写下去，书写到底。因为在那个被高光照亮的圈子之外，在那个想象的圈子之外，总是有一种难以改变的、积极的、有联系的生活：它根本不是"原材料"，而且总是挑战作者的关注——那种用"方法"展开的关注。所以，"社会的"和"个人的"，"公共的"和"私人的"，"历史的"和"心理的"这种区分在托尔斯泰那里毫无意义：在他坚持不懈、真正专注和联系的生活与艺术之间，这种区分没有意义。经验的连绵不断，是书写这种关系的一种方式。但它绝不是被动的，也绝不是规定好的。这是一种积极的关系，一种对意识的探索，这种意识最复杂、最隐秘之处是对于他人的意识，对于历史上、生产中、与我们一起照顾和维护生活的他人的意识。因而，不是材料被方法所吸收，而是经验几乎打破（需要去打破）了任何现成的象征形式；然而，文学部落内部和外部的小说家，通过这种经验自身，在积极经验的压力和结构中，创造着形式，创造着生活。

当那种压力和斗争变得过于激烈时——我指的是在一个停滞不前、暂时占主导地位、不能改变的社会里过于激烈——小说会落入另一种关注点之中，或者只是被看作另一种关注点：即历史和社会问题——这些是威尔斯在他的小说中作为道具继续书写的内容；或者与个人生活密切相关的问题——晚期资产阶级文学所关注的，虽然还没有完全流行起来，但被挑选出来，故意挑选出来，作为唯一可知的现实，唯一已知的，但不可避免地排斥异己的共同体。在这两条路之间，最终是没有选择的；我的意思是两者都没有可拆分可强调的优点。这就像是在两种观点之间选择，这选择相互关联（换句话说，完全相同）———种是威尔斯的观点，将艺术作为工具，另一种是詹姆斯的观点，认为艺术在其自身的圈子里是自主的。在我看来，这里根本没有选择的余地：那些术语、那些问题，都不过是失败的记录而已。但正如我们所说，让我们小心谨慎地强调小说家们的认真、努力、他们尽力坚持并继续前进的那种重要而持久的能量吧。例如，在福斯特身上，我们可以看到这些强烈的冲动几乎让他早期的小说陷入了混乱；那种紧张感，那种不可避免但又不情不愿的分裂感，一直到《印度之行》仍然存在，然后这位在世作家中最诚实、最善于自我评价的人就陷入了沉默。但是，威尔斯和詹姆斯（这些迫使我们，迫使彼此，去做最终对比的人物）所拥有的更大的能量——这些能量提醒我们，情况是多么危险；现在似乎错误地归于平息的危机，在那个时代，那个阶段，是一场怎样的危机。

它现在已经成为历史了。两种选择不会再以那种公开的方式重现，而最终完成的分裂和分道扬镳，是一种能量的更新，是小说的更新，与危机之前的任何事情一样重要。只是批评和文学史还没有真正跟上这种变化；批评和文学史采用了分裂这种措辞，并继续把它们当作一种处方——实际上是一种有偏见的处方，一种症状——来应用，而真正的毛病在于阶级、类别、相互敌对的焦点和方法上的分裂：个人或社会，公共的或私人的，社会的或文学研究的。

对我们来说重要的是危机本身：小说中最具创造性的地方在哪里，是什么——对一个不断拓展和活跃的社会的开放的反应，对强烈、独特和有连结作用的情感的同样开放的反应——遇到了主要困难：包括关系上的困难，以及形式上的困难，这些困难贯穿并困扰着后来的整个世纪。

6

约瑟夫·康拉德

孤独与斗争。人对抗命运。这些都是对康拉德的常见描述。它们当然是切题的，康拉德的小说确实提出了这些问题。但我想看看这些描述背后的意思和想法——把它们翻过来看一看——因为我很不确定它们最终会有助于理解康拉德；至少以它们那简单的修辞形式，是很难让人确定。康拉德作品里当然有孤独的一面，有人，也有命运：抽象化以及其他类似的东西是他风格的重要组成部分。当然，还有一种激烈的斗争：出于许多原因，比大多数其他英语小说家更激烈，更真实。但是，就像常见的描述那样，把上述词语放在一起，我们是不是还能以正确的方式与康拉德在一起？他的小说表现的，就是那样一个世界，那个形而上的世界吗？

如果我们要回答这个问题，就不得不在他的作品之间和作品内部做出区分。首先，像他一样，讲讲海洋和船只的故事。我们可以说，在任何地方，都有形而上学情境的有形实例。很明显，在康拉德的海洋小说里，人们会发现自己要独自面对压倒性的力量，自然的力量。大海给人的感觉就像一个敌人：不可理解，不依不饶。

> 船儿从木冠一直震动到龙骨；帆篷继续拍打，好像一排毛瑟枪在射击；下隅索链和松绾的铁扣子在高处哨啷啷地响，如同隐隐的雷鸣；单轮滑车也呜呜地呻吟。仿佛一只无形的手愤愤地把船身推了一下，这才唤醒了那班聚集在甲板上的人们，使他们恢复了现实、警戒和责任的意识。①

"仿佛一只无形的手"。这是康拉德常用的写作方式。

> 船很明智，所以有时便利用健康的恐怖训练，去校正人性的愚妄。②

然而，这绝不是唯一的重点。

> 辛格尔敦没有动弹。过了许久，他板着脸说：——

---

① 《青春——康拉德小说选》，方平等译，上海译文出版社1997年版，第279页。
② 同上书，第213页。

"船！……什么船都没有错儿。关键在船上的人！"[1]

我们记得，那只无形的手愤怒的摇晃，是要提醒人们注意"现实、警戒和责任"。也就是说，提醒人们想起他们作为一艘船的同伴，一个工作共同体而存在的事实。

或者再举那个有关孤独的著名的例子吧：吉姆老爷的孤独感。到底是什么使他孤立？他拼命对抗的到底是什么？确实有暴风雨威胁巴特那，但核心的危机是非常人性化和社会化的。吉姆学过一种密码，一套关于航海的规则，这些规则不仅是技术上的，而且本质上是道德上的——定义了责任和义务，既是具体的实践规则，又是一般的社会规律。他是等级制度的一部分（船上的长官），这些规则在船上是显而易见的，或者说，本应该是显而易见的。他的道德冲突不是孤立、缺少社群和共同信仰的产物。这是一种更早期的冲突，历史上更早的冲突，在这种冲突中，一个人的力量在压力下得到考验；别人违反约定的规则，而他也跟着这么做，直到后来感到羞耻；也就是说，在冲突中，被真正关注的是**行为**，在一个公认的价值观框架内的行为。

康拉德笔下的船就有这种特殊的性质，对大多数小说家来说，这种特质已经不再唾手可得了。船是一个透明的可知共同

---

① 《青春——康拉德小说选》，第 190 页。

体。它总体上有一个明确的、共同的社会目标和一种本质上毋庸置疑的基于习俗的道德，表现在水手情谊和法律当中。在这样的背景下，康拉德能够以一种简单而清晰的道德强调来写作，而在这个非常具体的共同体之外，这种强调可能只是抽象的或口头的。

事实上，没有一个这样的共同体是没有冲突的。《水仙号上的黑水手》在很多方面都是一个争斗不断的群体：船员们与大海抗争，与彼此斗争，在所有积极的关系中斗争，他们没能认清黑水手的真相，那因他们的粗糙而隐匿的真相。然而：

> 我们不是曾经聚合在不朽的大海上，从我们罪恶贯盈的生涯里挤出一点意义来么？再见啊，兄弟们！①

像任何积极的共同体一样，船上的一群人从经验和后果中学习。即使是船上的英雄，就像《台风》中的麦克沃尔船长，也是这种共同力量的一种完美体现。那个孤独地带着他的船穿过台风的人，是本质上代表共同价值观的一个例子，一个英雄的例子：

> 面对它——永远面对它——这是渡过难关的方法。你是

---

① 《青春——康拉德小说选》，第 324 页。

一个年轻的水手。面对它。这对任何人来说都足够了。保持
头脑冷静。

这些人学会的就是这个，与自然力量面对面：

> 飓风的威力可以使海洋发狂，可以使船只沉没，可以把
> 树木连根拔起，可以推倒坚固的墙壁，甚至可以把空中的飞
> 鸟都撞到地上，但它在前进的道路上遭遇了这个沉默寡言的
> 人，它竭尽全力，也只能勉强挤出几句话。

个人英雄主义是一种鲜明的社会价值观，一种生存和航行的
方式。

当然，即使是船上这种封闭的共同体也不是真正孤立的。航
海技术的力量和技巧，以及船上的同伴，总是必不可少的，但在
一个更复杂的社会里，航行的目的、船舶的适航性、对家人或船
东的责任，都始于陆地，也终结于陆地。由此而不可避免地产生
的价值冲突，涉及不同的观点和不同的意识。

> 按照法律对一个商船船长的要求，他诚实地照顾船主、
> 租船人和保险商的互相矛盾的利益。他从来没有损失过一艘
> 船，或者同意过一桩不正当的买卖；他一直干得很顺利，凭

着这些优点获得了名声。①

这是《走投无路》里的惠利船长。但并不是这些已知的冲突毁掉了他。在五十年的航海生涯中，他凭自己的能力使自己的生活走上正轨。但

> 他埋葬了妻子（在渤海湾），把那个不幸找错了对象的女儿嫁出去；接下来，他遇上了那次闹得沸沸扬扬的特拉凡哥尔-德干银行倒闭，不仅使他失去了一大笔能让他过优裕生活的财富，那次倒闭像地震那样震动东方。而且他六十七岁了。②

惠利快要失明了，但在给女儿寄钱的压力下，他试图利用自己的经验继续指挥。野心勃勃、"天生不忠"的斯特恩发现了他的秘密，并故意毁掉了他。但是，如果惠利没有违反他赖以生存的唯一法则——现在又肩负另一种与之相矛盾的责任，斯特恩是不可能做到这一点的。

> 这种必要性使他看到了世界的根本变化。

---

① 《青春——康拉德小说选》，第 328 页。
② 同上。

或者再看看吉姆老爷吧，在巴特那危机之后，那儿被抛弃的不仅仅是一艘船，还有 800 名"有着严格信仰的无意识的朝圣者"，他不得不在殖民世界的边缘，在商人、强盗、土著统治者、经济和文化相互作用的复杂边缘社会中，重新体验他所选择的责任。康拉德没有离开这艘船上的世界，只是一直追踪它贸易的自然延伸和结果，他最终走向了黑暗的中心。当"合法贸易"——这一简单的社会定义与航海法直接相关——被看出其真正的复杂性时，他感到非常遗憾，语气也发生了变化。更简单的价值观仍然主导着这种观察。一个认识"水仙"号船员的人不会对帕图桑周围的人感到惊讶，他第一时间就会确切地知道如何描述他们。但在《黑暗之心》中，情况已经变得更加复杂：比起当时刚果有组织的象牙市场开始突显的贸易体系，强盗、投机者、不诚实的商人更容易被看到，更容易被理解。这次航行探索的是一个由许多种黑暗组成的世界，但在这些黑暗中，至关重要的是殖民剥削的现实，是进入非洲的"教化使命"的含混不清。正如他对出版商所说：

> 在应付非洲的教化工作时，效率低下和纯粹的自私是犯罪行为。

当然，还要注意下列说法：教化使命是被非洲接受的，犯罪行为只是偶尔的失误。《黑暗之心》的大部分压力就在这种令人不安的关系之中。在小说叙述中，殖民体制被直接唤起；先是开篇提到罗马人（带有深刻的历史讽刺意味）；然后在炮艇上"向大陆射击"；最重要的是那个对比性的场景，非洲的囚犯铁链缠身，而公司职员为了保持账目正确，不得不把"这个病人的呻吟声"关在门外。

> 每个人的脖子上都戴着个脖圈，把他们全拴在一起的铁链在他们之间晃动着，有节奏地发出哐啷声。
>
> ……他们所触犯的法律，却是像开花的炮弹一样无缘无故从海上飞来的不解之谜。
>
> 他对他的账本也真是关心备至，全都摆得整整齐齐。站上的一切全都乱七八糟——领导关系，各种事务，连建筑物本身也全都如此。①

"效率低下和纯粹的自私是犯罪行为"。但是显然，还不止于此。

---

① 《黑暗的心》，黄雨石译，人民文学出版社 2018 年版，第 32、33、39 页。

我曾经见到过暴力的魔鬼、贪婪的魔鬼，还有欲壑难填的魔鬼；可是，上天作证！这些拿人——我说的是人——当牲畜使唤的魔鬼，可真是些强大的、贪婪之极的红了眼的魔鬼。可是当我站在那座小山边的时候，我已经预感到，在那阳光耀眼欲花的土地上，我很快便将结识一个代表着愚蠢的贪婪和残酷、衣服破烂、装模作样、目光短浅的魔鬼。这个魔鬼究竟会阴险毒辣到什么程度，我得等过几个月，再走完一千英里的路程之后才能知道。①

这个转化至关重要：认识一种新魔鬼。

令人惊讶的是，整个批评学派已经成功地清空了《黑暗之心》的社会和历史内容，本来康拉德让我们对这一点是毫不质疑的。我与整个小说批评传统的争论，就在于后者无止尽地将刻意创造的现实简化为类比，简化为象征性的环境，简化为抽象的情境。利奥波德二世的刚果循着董贝父子公司进行贸易往来的大海，进入了一个无穷无尽的替代性象征世界，在其中，客体不再是它自身，也不再有直接的社会经验，所有的一切都被翻译成一种可谓之为形而上学的语言——河流是邪恶的；大海象征着爱或死。但也只是所谓的形而上学罢了，因为其中根本没有多少实质

---

① 《黑暗的心》，第34页。

性内容。没有深刻而普通的信仰，只有对这些刻意创造、刻意命名的地点、人物、情境和经历的永久而世故的逃避。这种逃避被一种强加于人的修辞所掩盖——用"虚构"的概念来代替富有想象力的、已经被书写的现实；这概念由技巧讨论支撑，而所有技巧的实质都被简化或无止尽地取代，因此这种"虚构"概念可以作为一种超然的方法论独立存在。这是一种抽象的技巧，玩弄着一系列抽象的概念；最后，在批评家看来虚构就只有一种方法，因为富有想象力的内容，小说所塑造的现实，是无法达到的，因过于沉重而难以想象或承受。

但你当然知道他们会如何辩解。当时的情况，当地的例子，是刚果，但之后得以展开的是"更大"的现实。因为所有的好小说都依赖这种拓展，所以它们不仅仅是关于一人一地一时的真相，这么说显得很有说服力。但是，在特定情况下发现普遍真理与在偶然情况下得出抽象真理是完全不同的。这是严肃的创作与现在流行的文字游戏之间的区别。

能流行，我要说，是因为"真理"有它自己的内容。我们现在知道，库尔茨是文明世界自由人文主义者典范虚假外表的一个例子；这种伪装被剥去之后，就露出了本质上的野蛮——"消灭所有这些畜生！"但是，在20世纪50年代，能够写出来、以想象的方式说明这个抽象而方便的结论（然后像《蝇王》一样，在学校考试中被没完没了地当成处方开出来，以教导人们如何对一个武断而保守的世界保持合理化的态度）的一切，与库尔茨在刚果遭遇的一切，看似相同却有着天壤之别。他，这个象牙贸易商，在河流上游的最后一站，被困在"文明工作"——不是人道主义，而是帝国主义的自由主义逻辑依据——与"贪婪而无情的愚蠢"所造成的压力之间的矛盾中（这不仅仅是一个结构性的讽刺，也是一个活生生的历史冲突）。康拉德在寻找和触碰这个黑暗之心的过程中发挥了他的全部力量。首先，他认为这是不可避免的个人道德问题：

> 在他身上缺乏一点什么东西——一点极不重要，但在迫切需要的时候，却无法在他的宏伟口才中找到的小东西。①

但同样，这一缺点也被一种压力准确地发现了：

> 这个荒野早就发现了他的这个毛病，并对他所进行的荒唐的袭击作出了可怕的报复。②

还有

---

① 《黑暗的心》，第 140 页。
② 同上书，第 141 页。

很显然，弄到更多象牙的欲望已压倒了他的——我应该
叫它什么呢？——不那么追求实利的种种抱负。①

一种"并不复杂的野蛮"——在"不可思议的入侵"之前的
普通野蛮行为——比这种"微妙恐怖的黑暗地区"更简单，更容
易接受。在这种地方，这个人的空虚与公司自命仁慈的主张找到
了共鸣：

> ……采取强烈手段现在时机还远远没有成熟。小心谨慎
> 些，再小心谨慎些——那是我的原则……总的来说，公司的
> 生意将受到损失。②

但从一段距离之外看，这种仁慈却是种计算，公司贸易政策
的计算，是压力下的噩梦："恐怖！恐怖！"在"那张象牙般的
脸"上。

从惠利到库尔茨，这些考验人又令人崩溃的经历，是康拉德
从船的共同体——一个暂时孤立的、共享艰难生活中共同价值观
的世界——向外的第一次扩展。有一点极其重要：他是在远离大
海的地方继续探索的，但是当我们试图跟随他的时候，却发现我

---

① 《黑暗的心》，第138页。
② 同上书，第151页。

们不得不做出一些非常艰难的判断。

因此，考虑到他的经验基础，在《秘密特工》中，他提出要对付他所认为的另一种破坏性力量——无政府主义就是很自然的事情了。他把故事置于或者说嵌入一个常见的景观中，这是从狄更斯那里得到的一些暗示，但更多是来自他与吉辛①和威尔斯共享的世界：

> 一个巨大的城市的景象出现了，那个可怕的城市比某些大陆人口还要多，它凭借人工造就的强大威力，似乎对上天的皱眉和微笑都漠不关心，残酷地吞噬着世界的光明。

但此刻，那个穿过冷漠城市的孤单的行人，是个口袋里揣着炸弹的无政府主义者。冷漠的现实被取代了，唯一可依赖的中心是维罗克一家，无政府主义的冲动——舶来的冲动——摧毁了这个家庭。《秘密特工》的某些部分非常引人注目。康拉德用他的超凡能力看到了背叛，描述了愤怒和复仇。最引人注目的是，他将这些力量投射到一个伟大的场景中，在这个场景中，温妮·维罗克杀死了她的丈夫，为她的弟弟报仇。投射：因为那种经验是

---

① 乔治·吉辛（1857—1903），代表作有《新寒士街》《在流放中诞生》《四季随笔》等，他崇拜狄更斯，力求继承其创作风格，但在揭露与批判现实社会时，他不像狄更斯，对改良社会不抱任何幻想。

孤立的；它是被当作活生生的雕塑，或者被当作我们现在所说的电影而描写的：

> 他正仰面躺在沙发上，盯着天花板。屋里的煤油灯还点着。温妮的影子映在天花板上和墙上。温妮走得很慢，她的影子也移动得很慢。影子手里紧攥着一把切肉刀，正在上下跳动。

"危险是如此的精确"：这句话深深印在人们的脑海里。因为这并不仅仅是政治观点的不同——我也不喜欢恐怖主义，我认为它很疯狂——它还会让人觉得整个概念是通过非常有害的方式被孤立的。康拉德笔下的无政府主义者，在所有的舞台装扮中，在一个极度简化的世界里，都是夸张过火的人物：这个世界像那艘船一样抽象。伦敦号在雾中穿行——远离陆地，远离社会制度、政治、历史的压力，远离引导人前进的目标，这些目标已经使许多人在"复仇"、"正义"的行动中变形和疯狂——这些被视为复仇和正义的行动——在康拉德看来，在唯一可见的单位家庭的封闭共同体之外，只是"移动的影子"在上下闪烁：只是"不平衡的神经质怒火"，不平衡的、毫无意义的行动。

在《秘密特工》那些令人印象深刻的动作姿态之后，我最终也无法感受到充分的、被精心创造的现实。《在西方的注视下》

也给我同样的甚至更加简单的感觉，因为这部作品显然更散漫。这种叙事上的距离，在其他故事中是源于意识的复杂性，在这里却又是一种姿态，小说的标题就是一种姿态，向我们展示了一个过程结束时的现实，小说所有的塑造力量都呈现或涉及那种奇妙的"东方"距离。就像之前回顾狄更斯一样，回忆陀思妥耶夫斯基提醒我们，这首先不是政治同情的问题——陀思妥耶夫斯基在《群魔》中对他所描述的东西怀有比康拉德更深的敌意；敌意更深，是因为他在一个真实的国家里，就生活在真实的思想和情感之中，与他描述的东西有更深刻的缠绕；他并不是站在流亡者那一边，通过语言教师的眼睛来看待他所描述的东西。

在《秘密特工》或《在西方的注视下》中，我们根本没有发现康拉德探索复杂共同体、探索人类各种行为与压力（简单的航船共同体最终必须停靠在那里）的天赋。而探索这些是他心中最重要的动作姿态，是对他躲躲闪闪不得不在一定程度上接受的两种文学（英语文学和俄语文学，包含两种截然不同但同样鲜活的、固定的、让人不由自主地焦虑不安的体验）所做的表态。当他根据自己的全部经历进行想象和创作时，他最彻底地塑造了自己的身份，他作为小说家的身份：他之所以能够呈现这种经历，只是因为他并没有以那种民族国家的方式扎根；他不像那些民族小说家一样注定要安定下来，视角受限，全心关注一个地方；而是能够移动，能够观察国家、制度、价值观的相互作用之处；也就是行动与社会本身：《诺斯特罗莫》的行动和社会。

如果从《诺斯特罗莫》回溯到早期的海洋故事，我们可以看出这个重要的变化。有一个时刻，诺斯特罗莫和德考迪正在用船把公司的银子运走，以防止银子落入正在逼近的革命军手中。他们几乎被索提略的汽船击沉：两个人在轻型船上，处于共同的人身危险之中。但接下来：

> 德考迪在不停不歇地抽着水。诺斯特罗莫也在一刻不停地专心向前驾驭着船舵。他们都在全神贯注地做着各自的事情。始终没有说话。除了知道这条被损坏的驳船一定是在慢慢下沉着，这两个人没有其他任何共同的认识。那唯一共同的知觉，就像对他们各自愿望的残酷试探，令他们看上去变成了素不相识的人，好像他们从那一下子撞船的震击中才发现，那条驳船的沉没，对他们并非意味着同一件事情。而这共同的危险，却在私底下对于彼此的印象中，把他们目标、观点、性格与身份上的差别带入了一个绝对突兀的程度。他们没有出于同一个信念的束缚；他们只是两个追逐着各自机遇的冒险者，被卷入了同一个迫在眉睫、九死一生的险境而已。因此，他们也没有什么话好说。①

---

① 《诺斯特罗莫》，马东峰译，北京理工大学出版社 2018 年版，第 271 页。

"没有任何共同的认识";"没有出于同一个信念的束缚":这是一种新的经验,一种新的社会经验,它将简朴而传统的美德复杂化并且超越了这些美德。现在,孤立是一种新的、不断变化的品质。德考迪的"理性唯物主义"瓦解了:

> 仅是同外部存在条件相隔绝的孤独,便迅速演化为他的一种心理状态,在那里面,他假模假式的讽刺和怀疑主义是不能相容的。它占据着他的头脑,将他的思想驱逐入毫无信心可言的境地。在苦等了三天想要见到某个人类的面孔之后,德考迪发现,自己正在经历着一场对于自身个体的怀疑。它已经交融在云朵与海水的世界中,已经同自然的力量与自然的形态混为一谈。只有靠着自身活动,我们才能留住自己作为独立存在的感觉,用以对抗事物整个的秩序,否则,我们不过就是其中一个无助的部分。①

我记得,在麦克沃尔船长的话里听到过这个意思:"面对它——永远面对它——这就是渡过难关的方法。"目前的难关是,银子的**社会**价值消失了。正是这种消失,被诺斯特罗莫,被"我

---

① 《诺斯特罗莫》,第 460 页。

们的人"，贸易公司的人，商人们忠实的仆人，很不幸地知道了。德考迪拿走了矿业公司的银子，告诉他：

> "你是最合适的人选"。
>
> "我是；但我不能相信。"诺斯特罗莫说道，"损失掉它唐·卡洛斯·古尔德会有多穷。那座山里还有更多财富。在做完了港口的工作，骑着马去林康见某个姑娘的时候，我曾听见过它在安静的夜晚不断地从滑槽上滚下来。多年间，那些宝贵的石头一直在以雷鸣般的声音向下倾泻着，而矿工们都说，在那座大山的心脏里还有很多石头，足够采上很多年，很多年。然而，前天，我们在打着仗，把它从暴民手里救下来，而今晚我又被派到这黑漆漆的地方，连可以帮忙逃走的风都没有；就好像这是大地上最后一批、要拿来给快要饿死的人买面包的银子一样。哈！哈！好吧，我要把它当成这一辈子最出色、最拼命的一桩差事。"①

现在要考虑的问题：不是这位被信赖的仆人的力量和奉献精神，而是在实际利益冲突中银子要重新估价：

> 他正在思考着如何在对人们的本性缺乏任何基本了解

---

① 《诺斯特罗莫》，第244页。

的情况下，对他们的品格加以利用，而诺斯特罗莫打断了他……①

用什么来利用呢？

"在物质利益的发展里面，没有和平与安定。它们有它们的律法和正义。不过，那都是建立在一己私利的基础上的，并不人道；它没有正直和清廉，没有存续的根基，也没有那种只有在道德原则中才能找到的力量。古尔德太太，到时候，古尔德特许矿区所代表的一切，都将像早年间的野蛮、残忍和暴政一样，成为压在人民身上的重担。"②

这是小说快结尾处医生莫尼格汉姆所说的话。整个小说世界都在直接执行他所说的一切。

从加丹加的十年来看，苏拉科的政治并不难理解。

怒于外国人忍无可忍的剥削，且愤于其利欲熏心的动机，而不知对这一在其走投无路时容留他们并给之以活路的

---

① 《诺斯特罗莫》，第244页。
② 同上书，第473页。

国家心怀爱戴……

不论遵照国际、人间还是上帝的任一律法，此一矿藏目前皆已作为国民财富收归政府。①

这就是矿工们第一次造反时的豪言壮语，团结人心的说辞。但新政府错过了这笔进项，后来邀请古尔德入局，转让永久特许权，条件是预支开采权使用费。该省全部政治活动都是以类似方式由矿山的财富决定的：

人性的贪婪与痛苦是它的双刃，浸没在一切自我放纵的恶习中，就像浸没在一种用有毒的树根调和成的汁液中，败坏沾染着一切它为之出鞘的事业，随时都会在手中变得难以操纵。②

这就是古尔德本人悲哀的智慧：一种古老而疲惫的帝国主义。在承认之后，直接随之而来的是绝望，幻灭的决心：

现在，除了继续利用它，没有别的办法了。

---

① 《诺斯特罗莫》，第50页。
② 同上书，第355页。

与此同时，旧金山的"重要人物"正在等待。

但不急于一时。在上帝创造的整个宇宙中，时间本身也得听命于这个最伟大的国家。我们将对所有东西发号施令：产业、贸易、法律、报业、艺术、政治和宗教，从好望角上至史密斯桑德，甚至更远，要是说北极也出现了什么值得抓在手里的东西的话。那时候，我们就可以把地球上偏远的岛屿和大陆轻松攥在手中。不管这世界是不是喜欢，我们都将操办它的一切事务。①

具有讽刺意味的是，古尔德"并不反对这种关于世界未来的理论"。但因为受困于本地政治的影响，他为

捍卫有组织社会最普遍的尊严而斗争。

这就是诺斯特罗莫已经习惯了服务的那个世界中利益和文化的冲突。这个世界走自己的路，康拉德对它和它的未来都不抱幻想。叛乱之后，新宪法

像是二度的青春，像是重新的生命，它充满了希望、不

① 《诺斯特罗莫》，第71页。

安与辛劳，向一个兴奋的世界的四方慷慨地散播着它的财富。物质利益迅疾带来了物质变化。而另一些更为微妙的变化，也不露痕迹地影响着工人们的头脑和心灵。①

莫尼汉成了圣托梅联合矿业公司的医疗官员和州立医院的监察长。但对于康拉德，对于有德行的人来说，诺斯特罗莫的历史才是决定性的。

他的力量和忠诚会发生什么变化？他不再尊重利益的奴仆古尔德，却在为他服务的过程中与其他人隔绝。他没有自我可言，没有身份，没有未来，只有藏起来的银子。然而对他来说，这银子最终什么都不是，因为没有一个秩序，没有一个社会，能让这些银子在其中运转起来。他有短暂的虚荣心，但也有从穷人手中夺走财富的意识。诺斯特罗莫死于错误，死于孤立和错误。他没有回答组织者想要用白银对抗资本主义的问题。他把银子还给了曾经的所有者古尔德夫妇，但古尔德夫人因保管银子的麻烦而心烦意乱，"从心底里讨厌那些银子"。诺斯特罗莫被误杀了，被一个老革命者，一个 19 世纪的人物，一个只为国家自由而战的老英雄。剩下的一切，似乎是一切，就是诺斯特罗莫给予和激发出的爱：一个人的爱和力量，"一个属于人民的人"，此人被周围复

① 《诺斯特罗莫》，第 466 页。

杂的行动、利益和文化的冲突所摧毁。

当我们看到"伟大的卡尔加多雷斯船长"、菲丹扎、"圣子吉安·巴蒂斯塔"、诺斯特罗莫的结局时，我们就看到了力量和关系的综合体的结局：当我们反思这些时，我们就找到了参透孤立之复杂内涵的道路。我们在这里看到的，并不是作为一种状态，一种人类状态的孤立；而是作为一种反应，一种悲剧性反应的孤立，是对一种已经改变并且仍在改变的行动和历史的反应：超越习俗内涵、超越国界的延伸和联系——那个波兰英国人独一无二的、精心创造的、源于想象且现在已知的世界：漂泊不定、不断探索、横渡海洋的康拉德。

7

独自在城市

19 世纪下半叶，大多数英国人的体验来自城市，但大多数英国小说却关注乡村。在天才的狄更斯创造性地发展英国小说之后，整整一代人，乔治·艾略特和哈代作品中，都在描述农村和小城镇的经历，这一点既重要又令人费解。在我看来，可能是城市流行文化继续扩展，在这个时期失去了它的创造潜力。特别是在帝国主义的高级阶段，作为一种虚假意识，一种自我封闭和从属的另类文化，这一点日益凸显。当我们看到它的激进因素如何发展并作为一种有意识的政治立场分离出来时，这一点可能尤为明显。

在新世纪早期，有一个值得注意的孤例：罗伯特·特雷塞尔的《衣衫褴褛的慈善家》①。这部作品一定和狄更斯有关。特雷

---

① 罗伯特·特雷塞尔（Robert Tressell，1870—1911），原名罗伯特·努能，生于爱尔兰都柏林。早年曾在南非居住，在布尔战争中加入布尔人一方，被俘至英国。1902 年定居英国南部小城海斯汀斯，以油漆房屋和写招牌为生，并参加当地的社会民主同盟支部。《衣衫褴褛的慈善家》(*The Ragged-Trousered Philanthropists*) 是他唯一的小说。小说以英国南部某小城为背景，描写一些建筑工人被宗教迷惑，被老板欺压。面对新思想，他们视而不见，自己越来越贫穷，而剥削者越来越富有。作者将这些工人称作"衣衫褴褛的慈善家"。

塞尔把自己生活的小镇写成了马格斯堡，人物是斯万特尔、亨特尔和斯莱姆这些只知苦干的工人。但也有中立的工人，以及新人——欧文、巴林顿——是自觉的社会主义者。然而，特雷塞尔的力量并不在于自觉的揭露（小说中的身份和关系问题实际上尚未解决）。他的力量在于工人们那些匿名的、集体的、流行的习语，通过这种习语，一个工作的世界被强烈地、近距离地、讽刺性地呈现出来。有趣的是，尽管有这样的活力，最终的判断却颇具讽刺意味：衣衫褴褛的慈善家——就是那些最终接受剥削的人，马格斯堡的居民。这是一个宽厚的讽刺，来自工人阶级内部，又这么有人情味儿。这本书在当时出版纯属偶然，而且还经过了篡改——这些篡改现在尽人皆知，已经被原作取代——这种情况与大历史完全一致。

继狄更斯之后，更直接的传统来自吉辛和威尔斯。尤其是在吉辛作品中，出现了一些重大的变化。他吸收了现实主义作家的写作手法，如《民众》和《下界》。他也与乔治·艾略特和哈代一样，尽管他们的语气不同，但都对被隔绝的个人以及教育作为一种隔离功能的问题有深刻的认识。《流亡中诞生》和《没有阶级地位的人》是这类小说的重要代表。有趣的是这种被隔离的体验——来自受过教育的观察者的自觉意识——是如何与主要的城市体验联系起来的。

　　这条肮脏不堪的运河在煤码头和建筑工地之间淤塞蜿蜒，恰好分开了两个面貌不同的社区。南边是霍克斯顿，这一地区满是散发着恶臭的市场街道、工厂、木材厂、肮脏的仓库、挤满了小生意人和小手艺人的巷子，还有污秽的庭院和通道，尽头是让人厌恶的黑暗；到处都是做着最不体面的苦工的人；大路上满载客人和货物的马车隆隆驶过，人行道上来来往往的都是最粗鄙的劳工，各个街角和旮旯都展示着最为丑陋的贫穷。再往北走，人们会发现周围的空气变得自由些，街道宽阔些，他们正身处一个只建有住宅的街区；路上似乎只有送牛奶的人、卖喂猫用的肉和水果鱼类的小贩。在这里，有的街道两旁的窗户上都贴着广告卡片招揽房客；其他的街道更加体面一些，房子前面都有一片片的园地，有的还带石膏柱子和阳台。从毫无尊严地为生存而挣扎，变成享受这种低劣的、消磨志气的闲适；在庞大的奴隶大军中，那些工钱较高的人就在自己有时间吃饭睡觉的时候退到这个地方来。在这样的地方散步，是一个人所能经受的最沉闷的锻炼；这里清一色的肮脏和贫穷足以摧毁人的心灵；人们知道，这里每一栋死气沉沉的房子，每一扇假窗，往往都代表着一个"家"，而这个字所代表的一切含义都暗示着浓浓的绝望。①

---

① *Demos*, General Books, 2010, p.178.

"在这样的地方散步"，"运河"，识别这种自觉意识并不难。重要的是，人们对城市的一种批判性体验是如何以这种方式表达出来的：一个人在街上散步和观看。早在布莱克的诗中即是：

> 我走过每条独占的街道，
> 徘徊在独占的泰晤士河边，
> 我看见每个过往的行人
> 有一张衰弱、痛苦的脸。

然后，是我之前说过的华兹华斯，在《序曲》的第七部《客居伦敦》中所写：

> 啊，朋友！有一种感情是属于这个伟大的城市的，
> 是独一无二的。
> 多少次，在熙熙攘攘的街道上，
> 我和人群一起向前走，对自己说，
> 每一个从我身边走过的人的脸都是一个谜。

就像城市被认为的那样，在这个陌生人的世界里，社会身份——"所有行动着、思考着和言说着的人遵循的法则"——似

乎都消失了。因而有两种明显的反应。在这种观照方式下，人们被看作是一群人，看作乌合之众；

　　哦，一片混乱！一个真实的缩影，代表着千千万万巨城之子

　　眼中的伦敦本身，因为他们

　　也生活在同一种无止无休、光怪

　　陆离的琐事漩流中，被那些无规律、

　　无意义、无尽头的差异与花样搅拌

　　在一起，反而具有同一种身份——①

或者是后来在哈代笔下（不是他的小说）：

　　随着人群变得越来越密集，它渐渐不再像是一个由无数个体组成的聚集体，而是变成了一个有机的整体，一种跟人类完全没有相似之处的黑色的软体动物，它伸展到哪些街道上，就随着变成那些街道的形状，并向相邻的巷道伸出可怕的隆起和肢体；这个生物的声音是从它鳞片状的表皮渗出来的，它身上每一个毛孔中都有一只眼睛。阳台、看台和铁

---

① 华兹华斯：《序曲或一位诗人心灵的成长》，丁宏为译，中国对外翻译出版社公司 1999 年版，第 193—194 页。

路桥上都是从同样结构上脱离下来的各种形状的组织，但它们的动作更柔和一些，仿佛是它们中间那个怪物产的卵一样。①

这种看待伦敦的方式以许多富有想象力的形式深深影响了现代文学，而且很难将其与更令人信服的观察区分开来，正如哈代所说：

> 伦敦似乎看不到自己。每个人都意识到自身作为个体的存在，却没有人意识到他们作为一个集体的存在——除了可能有那么一个可怜的家伙，带着几分白痴的样子四处呆看。②

而这个可怜的呆子、白痴，我们猜想他一定是从乡下来的。

但这就是那个孤立的观察者，那个用自己的声音说话的人。在 19 世纪的小说中，这是一种不常见的反应。观察者对人物的介入使得其观察方法令人不安。我们已经看到了狄更斯反应的变化：将非常相似的感情——怪物、冷漠的人流——进行戏剧化，

---

① F. E. Hardy, *The Early Life of Thomas Hardy*, Cambridge University Press, 1928, p.171.
② 同上书，p. 271。

而且，通过对具体人物的关注，来防止被这样的人群而妨碍了必要的识别度。这种经验在伊丽莎白·盖斯凯尔的《玛丽·巴顿》中被再次戏剧化了：

街道两旁的店铺里灯火通明。夜景甚是好看，煤气灯雪亮雪亮，橱窗里的陈设比白天显得格外精彩。所有店铺里的药铺，就像我们小时候听到的那些神话故事：从阿拉丁那仙果累累的花园，到魔法无边的罗莎蒙德的瓮子，应有尽有。但巴顿脑子里却没有这些奇妙联想。他倒觉得那琳琅满目的货物和灯火通明的店铺与昏暗潮湿的地下室构成了鲜明的对比。而这天壤之别的存在却使他更加难过。这些问题都是人生中非常神秘的问题，不仅仅他不明白，许多人也不明白。他不知道在这些匆匆忙忙的人群之中，有没有也是从那种悲惨的家庭里来的。他们看上去各个是脸带喜色，他的心里却又是怒火中烧。在大街上，每天不知有多少人与你擦肩而过。可是又有谁能猜透他们心里到底都在想什么呢？你怎么能知道他们生活中的那些千奇百怪的事情呢？他们也许正在经受着各种各样的考验，抵御着各种各样的诱惑呢？你也许会碰到一个女孩子，用她的胳膊肘推着你，她被生活逼得走投无路，脸上还强装着欢笑，她的灵魂却在乞求死神的安息，只觉得就像一股冰冷的溪流，流过她的全身，也许这就是上帝所能给她的唯一安慰。也许在你读报纸的时候，碰到一个罪犯，正在预谋着一起凶杀案，这会使你毛骨悚然、浑身发冷。也许你会碰到一个低三下四、唯唯诺诺的人，在人世间他总是默默无闻、不声不响，可是最后却永远成为上帝的心腹之人。每天你都要碰到成千上万的人——有为人善良的，也有为人险恶的，——你是否想过他们准备要到什么地方去吗？①

这里的有趣之处在于，那反应中体现出的仁慈。这些例子也许显得朴素又笼统，但它们提供了一种理解和同情的方式。这就是狄更斯式的态度，虽然不像狄更斯那么复杂，也不那么戏剧化：坚持认识人性，只是因为障碍和矛盾是如此清晰可见。

那就是第二种反应：不是去描写那个自顾自行动的人群的意象，而是去认识作家必须深入了解的社会经验。吉辛很重要，因为这两种很不一样的反应在他的作品中几乎同样强烈。他是一个人性化的观察者，描述城市景观及其社会经验，并试图超越它而个性化。他也是在自己身上实践自己所见证的疏离的人；他在别人的绝望中不仅看到了自己的绝望，还看到了自己退缩的样子：不断退缩，"不—要—碰—我"那种彻底的流放。

---

① 《玛丽·巴顿》，王爱民译，南方出版社 1999 年版，第 66 页。

吉辛谈及狄更斯的方式，显示了两者之间的联系和变化，他一次又一次地提到伦敦的形象：

> 在狄更斯笔下，伦敦满是肮脏的秘密和恐怖，满是可怕的畸物，满是迷宫一般的阴暗和阴森可怕的魔力。他教会了英国人一种看待这座大城市的方式，直到今天，以狄更斯的眼光看待伦敦仍是多么常见……
>
> ……一个黑暗阴沉的大城市，陷入网中动弹不得，就好像被一只巨大的毒蜘蛛吐丝缠住一般。
>
> ……阴暗、拥挤、正在腐烂的伦敦，任何一个想象力丰富的人在情绪低落时漫步伦敦街头，都可以用这句话精彩地描述出他对伦敦的印象。①

"一个想象力丰富而情绪低落的人"：用来描述吉辛本人似乎再贴切不过了。从他那狄更斯式眼光中消失的，是生气勃勃的同情和愉快的经历分享。当吉辛形容狄更斯开启了"文学民主的新时代"时，他是对的，但他自己的困难也体现在这种直接继承中：

> 对庸俗的最准确的检验标准是，它贬低它所注意到的任

---

① Geogre Gissing, *Introduction to Oliver Twist*, Rochester Edition, 1900; xvii.

何事物。另一方面，狄更斯无法触及卑贱生活中最普通、最
粗糙的细节，但同时，这种生活又具有一定的暗示性。

事实并非如此。"卑贱生活中最普通、最粗糙的细节"：无
论触及前还是触及后，这从来都不是狄更斯的特点；这是一种新
的语言风格，一种退缩的、焦虑的语言风格。

退缩里，当然包括愤怒：

　　现在是人们工作结束的时间。克拉肯韦尔的大路小道
上挤满了从一天的苦工中暂时解放出来的人们，男女老少都
有。他们从工厂和作坊里涌出，急切地想要最大程度地利用
好这几个小时，因为只有在这段时间之内他们才是为自己而
活的。还有很多人仍在弯腰劳作，还要再过几个小时才能收
工，但大部分人已经离开往各自的牲口棚里走了。沿着大路
延伸的车轮痕迹非常危险；每一辆咯吱咯吱驶过去的公用马
车都载满了乘客；有些人坐在了马车外面，膝盖上的防水油
布闪着微弱的光。灯光被这样那样的东西遮挡，变成一团团
雾一样的光晕；头顶上是漆黑的一片天，雨像鞭子一样抽打
下来。泥浆不停地飞溅；路上时不时会堵车，夹杂着粗鲁的
嘲讽和气愤的咒骂；人行道上挤满了推推搡搡的人。酒吧开
始亮灯，让自己打起精神来准备迎接晚上的生意。从大清早

开始街道就成了闹市，满是干这干那的人，现在却完全被抛弃了，只剩下寂静、黑暗和席卷而来的风。①

这是一幅令人痛苦的景象，令观察者痛苦而又愤怒：一个社会系统内的康庄大道和偏僻小路。但吉辛几乎不曾与这景象联系在一起。作为叙述者或通过他笔下的人物，他在退缩中看到了这一点：

> 法灵顿街上的那些建筑真是些可怕的简陋房舍！宽宽的一片都是光秃秃的墙，连点加个装饰的意思都没有；楼房表面是泥巴一样的颜色，上面是一排排的窗户，不断向上，不断向上，像毫无生气的眼睛，这些黑暗阴郁的开口向人们讲述着楼房内部的空洞、混乱和不适。人们不得不说，射手花园是一个更好的住所。带一个内院，铺着沥青，打扫得干干净净，就像从监狱里抬头看天一样。大片大片这样的高楼大厦，它们灰尘一般的色调显示出建成的大概时间；当你注目凝视的时候，成吨的砖头和灰泥就残忍地摧毁你的精神。这的确是些简陋的房舍；里面住着工业主义的军队，一支自己同自己作战的军队——不同的等级、不同的人之间相互战

①　*The Nether World*, Oxford University Press, 1889, pp.23—24.

斗，幸存者就靠这个存活。

克拉拉来到这儿的第一个小时就开始讨厌这个地方。在她看来，这儿的空气好像都被一种不洁人群的臭味污染了。孩子们在院子里玩耍的叫声折磨着她的神经；楼梯上那千篇一律的声音，日复一日，在同一时刻重复着，都是关于贫穷生活的种种插曲，使她那病态的大脑烦躁不安，还使她绝望地想到，只要她活着，她就再也不可能指望从她出生的这个世界爬到上面去了。①

这是吉辛真实而有力的记录：愤怒与绝望，还有濒临崩溃的神经，抱怨和哀鸣，来自被隔绝的、失意的、活生生的个人，不仅了解而且反对"骚动的人群"。它几乎与《苔丝》和《裘德》同时代，但声音却截然不同。

我想，这就是为什么威尔斯的出现会被当作积极的缓解，他一直绕着一个更舒适宜人的伦敦来回打转，这是一种活力的恢复。我已经说过，这不是狄更斯的活力，尽管威尔斯显然是向他学习的。它更小，更活泼；与其说是活力，不如说是弹跳。然而，它通过社会比较的维度获得了一个视角：在世纪之交，人们如此广泛地相信，只要我们能够看到并且理解那过时的社会制度

---

① *The Nether World*, Oxford University Press, 1889, pp.58—59.

（既受压迫又令人困惑），实现复兴就有可能。威尔斯的信心来自他的信念，即所有的错误都是可以解释和理解的。这正是他在《托诺·邦盖》中描述城市婚礼的基调：

在传统的压力下，我们大家都想竭尽全力在伦敦这种骚动混乱的氛围中为一个布莱兹欧弗房客或者某个隶属乡镇中的一个胖乎乎的普通人举行结婚典礼。在这种情况下，婚姻就有了公共聚会的功用，对公众具有重大的意义。在这种情况下，教堂则在很大程度上变成了公众聚会的场所，而你即将结婚这件事就成了每一个你在大街上与之擦肩而过的人的重大事件。结婚改变了人的身份地位，所以左邻右舍对此颇有兴趣，也在情理之中。只是在伦敦，却无邻居可言。大家互不相识，互不关心。一家事务所里一个素不相识的人收到了我的结婚启事，对我们的结婚公告有所耳闻的人们可能以前连我们的名字都没有听说过。甚至那位给我们主持婚礼的牧师以前没有见过我们，也没有流露出任何想再见到我们的意思。

伦敦的邻居们啊！兰博特一家人居然不知道住在他们两旁的人家姓甚名谁。当我在等待玛丽恩，准备一起动身出外度蜜月时，我记得兰博特先生走了过来，站在我身旁，眼睛盯着窗外。

"昨天那边举行了一个葬礼，"他扬了扬头指着对面的房子，没话找话地跟我搭讪，"葬礼很讲究——有一辆玻璃柩车……"

我们有三辆马车，马匹和马车夫都饰有白色缎带，这支小小的队伍穿行于庞大、嘈杂、冷漠的车流行人当中，就像是丢失在一艘装甲舰的煤槽里的一尊陶瓷塑像。没有人给我们让路，没有人在意我们；倒是有一辆公共马车的车夫捉弄过我们；有很长一段时间，我们跟在一辆讨厌的垃圾车后面蠕动着。毫不相干的喧哗与骚乱给恋人们这种公开的结合增添了一种古怪的粗鄙气氛。好像我们是在不知廉耻地炫耀自己。聚集在教堂外面的那伙人可能会以同样的劲头、更大的欣喜去围观一起交通事故……[1]

这一段是冷静甚至冷酷的，因为它描述了人的冷漠。但一种自信的笑，一种反思的笑，似乎就在后面等待着，因为那些细节都经过了精心彩排。还有"骚动混乱"；"骚动的群氓"：这些表述当然是威尔斯和吉辛之间的区别。但是还不止这些，当我们往前看，从威尔斯那里寻找小说的变化时，发现这些变化以某种方式绕过他，走向了完全不同的方向。正如他对城市婚礼的描述要

---

[1] 《托诺·邦盖》，第195—196页。

依靠与乡村或小镇婚礼的比较一样，他自信的解释立场，观察者的立场，也依靠一种特定的确定性。它依靠的是小说家的全知视角。也就是说，作者和读者之间有一个有效的约定，即大家共同看到的东西，也可以得到共同的理解。

正是这种约定在新一代人中被戏剧性地打破了。一种富有想象力的新姿态已经充分准备好。这不是一个自信的旁观者，做出解释的观察者，而是一个独自徘徊在街上的人，早在华兹华斯的作品中，他不仅感受到那些从他身边走过的人的神秘和不可理解，而且在这种反复的不确定性中，失去了自己熟悉的方向，失去了自己的认同感，失去了沟通的能力：

> 有关行动、思索和言说之人的所有法则都
> 离我而去，不知道我，也不为我所知。

从根本上讲，正是这种混乱造就了许多现代小说，尤其是现代都市小说的诞生。传统的观察与交流的法则和惯例似乎已经消失。随之而来的是强烈的、碎片式的、主观性的意识，但正是在其主观性的形式中包含了其他的形式，它们现在与城市里的建筑物、喧闹声、风景和气味一起，都是这个飞速运转的单一意识的组成部分。以这种方式看待现代城市的伟大小说，当然要属乔伊斯的《尤利西斯》。当布鲁姆漫步穿过都柏林时，我们可以听听

这种经历：

　　他躲开七十五号门牌的地窖那松散的盖板，跨到马路向阳的那边。太阳快照到乔治教堂的尖顶了。估计这天挺暖和。穿着这套黑衣服，就更觉得热了。黑色是传热的，或许反射（要么就是折射吧？）热。可是我总不能穿浅色的衣服去呀。那倒像是去野餐哩。他在洋溢着幸福的温暖中踱步，时常安详地闭上眼睛。博兰食品店的面包车正用托盘送着当天烤的面包，然而她更喜欢隔天的面包，两头烤得热热的，外壳焦而松脆，吃起来觉得像是恢复了青春。清晨，在东方的某处，天刚蒙蒙亮就出发，抢在太阳头里环行，就能赢得一天的旅程。按道理说，倘若永远这么坚持下去，就一天也不会变老。沿着异域的岸滩一路步行，来到一座城门跟前。那里有个上了年纪的岗哨，也是行伍出身，留着一副老特威迪那样的大口，倚着一杆长矛枪，穿过有遮篷的街道而行。一张张缠了穆斯林头巾的脸走了过去。黑洞洞的地毯店，身材高大的可怕的土耳克盘腿而坐，抽着螺旋管烟斗。街上是小贩的一片叫卖声。喝那加了茴香的水，冰镇果汁。成天溜溜达达。兴许会碰上一两个强盗哩。好，碰上就碰上。太阳快落了。清真寺的阴影投射到一簇圆柱之间。手捧经卷的僧侣。树枝颤悠了一下，晚风即将袭来的信号。我走过去。金色的天空逐渐暗淡下来。一位作母亲的站在门口望着我。她用难懂的语言把孩子们喊回家去。高墙后面发出弦乐声。夜空，月亮，紫罗兰色，像摩莉的新袜带的颜色；琴弦声。听。一位少女在弹奏着一种乐器——叫什么来着？大扬琴。我走了过去。①

这里，对东方城市的幻想从博兰面包车里传出的香气开始，但每一幅景象、每一种声音和气味都会触发布鲁姆个人的成见。在他的需要的压力之下，想象中的城市与他走过的城市同样真实。这是非常深刻的改变。行为的驱动力已经内化，某种程度上说，城市已经不复存在，只剩下一个漫步穿过城市的人。我们还记得，伊丽莎白·盖斯凯尔经由一个杂货店的窗口来到了"阿拉丁那结满奇异果实的花园"，但她仍然处于一个严格控制的客观框架之中："我们童年的故事"——作者与读者可以分享这样的记忆；"巴顿可没有这些联想"——这个被客观审视的人物，与当时的情境和文化都不相关，得到了鲜明的塑造。在《尤利西斯》中，行动和意识之间的关系以及叙述者和人物之间的关系都经过了调整，最终语言的整体形态都发生了改变：

————————

① 《尤利西斯》，萧乾、文洁若译，译林出版社 1995 年版，第 154—155 页。

他走近了拉里·奥罗克的酒店。隔着地窖的格子窗飘出走了气的黑啤酒味儿。从酒店那敞着的门口冒出一股股姜麦酒、茶叶渣和糊状饼干气味。然而这是一家好酒店，刚好开在市内交通线的尽头。比方说，前边那家毛丽酒吧的地势就不行。当然喽，倘若从牲畜市场沿着北环路修起一条电车轨道通到码头，地皮价钱一下子就会飞涨。

遮篷上端露出个秃头，那是个精明而有怪癖的老头子。劝他登广告算是白搭。可他最懂得生意经了。瞧，那准就是他。我那大胆的拉里啊，他挽着衬衫袖子，倚着装砂糖的大木箱，望着那系了围裙的伙计用水桶和墩布在拖地。西蒙·迪达勒斯把眼角那么一吊，学他学得可像哩。你晓得我要告诉你什么吗？——哦，奥罗克先生？——你知道吗，对日本人来说，干掉那些俄国人就像是八点钟吃顿早饭那么轻而易举。

停下来跟他说句话吧，说说葬礼什么的。——奥罗克先生，不幸的迪格纳穆多么令人伤心啊。

他转进多塞特街，朝着门道里面精神饱满地招呼道："奥罗克先生，你好。"

"你好。"

"天气多么好哇，先生。"

"可不是嘛。"①

这一段里，不同维度之间的对比是很直接的：布鲁姆的观察、猜测和记忆的内容随着叙述的线索变化，在想象的思想表达中，这是一种积极的交流，甚至形成了一个积极的共同体，尽管当布鲁姆遇到奥罗克时实际说出的话平淡而流于表面：那是双方都接受的惯例形成的。真正的现实，城市生活的丰富多彩，都存在于漫步者的思想当中：

> 他沿着人行道的边石走去。生命的长河……
>
> ……整整一座城市的人都死去了，又生下另一城人，然后也死去。另外又生了，也死去。房屋，一排排的房屋；街道，多少英里的人行道。堆积起来的砖，石料。易手。主人转换着。人们说，房产主是永远不会死的。此人接到搬出去的通知，另一个便来接替。他们用黄金买下了这个地方，而所有的黄金还都在他们手里。也不知道在哪个环节上诈骗的。日积月累发展成城市，又逐年消耗掉。沙中的金字塔。是啃着面包洋葱盖起来的。奴隶们修筑的中国万里长城。巴比伦。而今只剩下巨石。圆塔。此外就是瓦砾，蔓延的郊

---

① 《尤利西斯》，第 155—156 页。

区，偷工减料草草建成的屋舍。柯万用微风盖起来的那一座蘑菇般的房子。只够睡上一夜的蔽身处。

人是毫无价值的。[①]

在作品的这些段落里，乔伊斯的原创性非同寻常。如果这种观察方式——碎片式的、混杂的、孤立的方式——能够在新的语言结构中实施于感官之上，那么乔伊斯的创新就是非常必要的。《尤利西斯》的天才之处在于它将三个人的意识——布鲁姆、斯蒂芬和莫莉—进行了戏剧化表现，三个人的互动也形成了必不可少的张力。每个人在另一个人面前扮演的是一个象征性角色，而且他们最终必须联系的现实也不再是某个地点和某个时间，尽管那天在都柏林有过忧心忡忡的约会。这是男女之间、父子之间一种抽象的、或者更严格地说是一种强加的关系模式；是一家人又不是一家人，互不联系，通过神话和历史寻找着彼此。历史并不在这个城市里，而在城市的迷失之中，在人们关系的迷失之中。唯一可知的共同体，存在于需要和渴望之中，这些需要和渴望来自一种彼此竞争又相互隔绝的意识。

但是，当我们审视这种新的结构时，还必须说的是，最广为人知的人类共同体是语言本身。矛盾的是，在《尤利西斯》中，

---

① 《尤利西斯》，第388—389页。

通过迷失和挫败的模式，不仅有寻找，还有发现：发现一种普通的语言，在《尤利西斯》之前的现实主义小说中我们无比清晰地听到过它；这是一种更为广泛的人类话语的积极流动，这种话语流动一直受到主流社会习俗（真实历史中进行隔绝和约束的习俗）屏蔽和过滤。这种话语的共同体就是《尤利西斯》的伟大之处。这就是它同《芬尼根守灵夜》的不同之处：在《芬尼根守灵夜》中，一个独一无二的声音——主动为每个人和每件事说话的声音，"每个人都来了"——使关系的解体走向了质的变化。由于这种变化，《尤利西斯》后面的章节（最后的独白之前）中已经非常明显的张力被大大的加强，从而导致交替出现的声音——公众的和个人的声音，人们有意无意听到的城市的声音——让位给了一个替代品，一种普适的孤立的语言。如果说《尤利西斯》是高潮，那么《芬尼根守灵夜》就代表着我们一直追踪的发展的危机：小说与共同体的发展危机；小说与城市的发展危机；关于"在行动、在思考、在说话"的人的小说的危机。

8

D. H. 劳伦斯

我们往往会倒序阅读作家的作品：从最终完成的作品、成熟的著作，到早期作品、处女作。当然，这样可以显示出作家至关重要的发展模式，但是，最关键的发现一定就在作家最初所采用的步骤当中。我们读早期作品是为了破解后来的作品是如何写成的。很显然，这样会遗漏其他可能的发现，比如早期某些独具特色的素质为何没能得到发展。但是，当我们审视小说在某些天才手中以及特定压力下的发展模式时，这些关于发展的观点——消极的和积极的——可能都是最重要的。

我认为，劳伦斯饱受被人倒序阅读之苦：从被视为具有国际意义的作品《恋爱中的女人》和《查泰莱夫人的情人》，到可以看作地方性起点的《儿子与情人》及其早期故事。如果这仅仅是地方性与国际性的对比，那就不必使我们踌躇；这种成长确实意义重大。但是这些词句中一如既往地存在某种价值判断，而且被隐藏了起来。劳伦斯后期作品的主题和方法可以用这种方式表述为纯粹的成就，它们的情感结构必然是更为重要了。他因此而失去的东西——我认为他知道自己失去了并努力想要挽回的东西——实际上可能恰恰与他毋庸置疑地得到的东西一样重要。如果我们已经十分清楚，对于什么是"早期"的劳伦斯和什么是"成熟"的劳伦斯，学界有一个非常普遍的界定，这一判断就尤为正确了。这一界定只包括了从《儿子与情人》到《彩虹》再到《恋爱中的女人》的发展过程，而将《查泰莱夫人的情人》排除在外，认为它是一部晚期的、误入歧途的作品。我相信，真正的发展过程远比这个复杂。它是一系列的进步和僵局，然后是再次推进；因为劳伦斯是他那个时代最具天赋的英国小说家，也因为许多原因，在每个阶段，他遇到的问题对我们的社会和文化中增长及困难的主要趋势来说至关重要，他的决定及其后果——小说的成就和局限——有着相当特殊的重要性。

我当然是把劳伦斯作为一位英国小说家来读的。我并不是说他没有从英国之外的作家那里学到一些重要的东西，就像他的许多前辈一直在学习的那样。一个多世纪以来，小说一直在跨越国界，造福于每个人。但对大多数作家来说，用自己母语写就的作品具有特殊的重要性，因此，在 1914 年他创作发展的一个非常关键的时期，他确实应该写《托马斯·哈代研究》，这不仅意义重大，而且一点不令人惊讶。如他所说，这本书有关哈代之外的所有一切——其实这么说是一种夸张；书中包含了对这位前辈小说家的一些非常详细和直接的回应，但它的重要性在于，劳伦斯实际上从此决定了他未来生命的方向，他本该尽量把自己的想法和感受清楚地表达出来，明确与这位作家的关系，回应这位显然是他最直接、最重要的英国前辈作家（如果我们不带偏见的话）。从《林地居民》《苔丝》《裘德》到《彩虹》《恋爱中的女人》《查泰莱夫人的情人》，你就能直接感受到这种关系。哈代和劳伦斯最终差异很大，这一点十分清楚，但他们却在不同的时间点上，以极为密切相关的情境、情感和思想开始写作——从一道风景、一个村庄、一个社会、一个人，一个工作共同体开始；从有关联的渴望以及渴望的挫败开始——在我看来，这一点同样十分清楚。一位小说家在感情和思想上学习的东西——往往是通过批评、改变和拒绝来学习的——也许最深刻的东西是在语言中、在他对语言的组织中学到的；是他在小说本身的内容里学到的。

　我已经把乔治·艾略特、哈代和劳伦斯这个重要的群体称为"我们三位伟大的自学成才者"了。我是在语言问题中最直接地看到了这一点：在生活经验给予他们的实际共同体的扩展中；在对他们的小说迄今还未写出的，或者充其量是从远处观察到的人的认同中；在手艺人，工匠，劳工，矿工至关重要的新经验中。我作为问题强调的东西就在这里（这是个一直存在的问题），即小说家的语言与那些新近被描写的男女的语言之间的关系——在某种程度上，小说家的语言总是一种有教养的语言，如果要给出完整的描述，就必须使用它。而后者的语言是一种普通的语言，浸淫在某个地方、某种工作中；通常，无论是在深刻还是简单的层面上，后者都与前者有所不同——对小说家来说，是有意识地有所不同——在教育习惯上不同：阶级、方法、潜在的情感都不一样。这不仅仅是一个将迥乎不同的习语联系起来的问题，尽管从技术上讲，它经常是这样出现的。从根本上说这是生活关系的问题；我们与他人以及与自身的实际联系的问题。

归属感与没有归属感：这是贯穿所有这些作家创作生涯的危机。一种贫困匮乏而又令人沮丧的生活，同时也充满爱、倾听、分享和记忆，我们在其中长大；一种我们从自己嘴里听到的，用自己的身体感受到的，与其他方式、其他感觉、我们听到的其他语言相互交流（这让它听起来很舒服）的语言。我想到了其他语言对劳伦斯的重要性——法语、德语、意大利语、西班牙语；那些他在教育中学到的东西；另一种摆脱贫乏但依然是母语表达的方式 ①；最终是他能够体验并试图分享的其他生活方式。为了正当的理由，去接近这些真正不一样的语言——至少可以让某些事情更清楚——总比沿着碎石小路去学习只不过听上去是另一种阶

---

① 指劳伦斯通过教育学到的所谓"有教养"阶层的语言表达方式。本段指出，以劳伦斯为代表的"自学成才"的英国作家，终生处在两种语言的拉扯之中，归属感不清晰。一种是劳工阶层的英语，另一种是后天学到的、有教养的英语。

级的语言要简单得多。"资产阶级是多么野蛮啊。"但那是后来他已经摆脱这种语言，能够发泄满腔怒火时说的话了。一开始更难。我的意思是，学习这种语言比辱骂那个阶级更难，辱骂消除了困难，但不会让它的重要性更清楚。

我一直在谈及困难，但当我阅读劳伦斯早期作品时——特别是《菊花的幽香》里的故事，最初的三部戏剧，以及后来的《儿子与情人》——我真正发现的是一种语言的奇迹。在其他困难（他不得不继续克服困难）还未出现的那些早期岁月里，无论以何种标准衡量，他的成就都是了不起的。语言和情感——新的语言，新的情感——一起活跃起来。真正活跃起来的是共同体，当我说共同体时，指的当然是个人的东西：一个人与他人一起感受，在他们当中与他们一起言说。我想到的是《白袜子》《鹅市场》《受伤的矿工》和《退而求其次》。或者像《菊花的幽香》里，这种语言我们需要听一听：

> ……她听见引擎动得较慢，制动闸没有声音了。老女人并没有在意。伊丽莎白紧张不安地等候着。婆婆继续说了下去，中间常常沉默上一会儿。
>
> "但是，他不是你的儿子，利齐，这就不一样了。不管他怎样，我总记得他小时候的样子。那时候，我渐渐知道怎样去理解他，原谅他。你也不得不原谅他们——"

　　已经十点半了。老女人在说："可是，从头到尾都是麻烦。不管你年纪多大，都要碰上麻烦，不管你年纪多大，都要碰上这个——"这时候，大门砰地一响朝内打开，门阶上有几个沉重的脚步声。

　　"我去，利齐，让我去，"老女人站起身喊着说。然而，伊丽莎白已经到了门口。原来是一个穿矿工工装的男人。

　　"他们这就把他送来，太太，"他说。[①]

　　如果仅从技术角度来看的话，如此表达就只是了解情感的一种方式而已。但潜藏的情感远比当下情境更复杂：死去的矿工，死去的儿子和丈夫被运回了家。这里的新东西，真正的新东西，是作者的语言和他笔下人物的语言是一致的，这种表达方式之前没有出现过，尽管乔治·艾略特和哈代曾尝试过，因为更早更小的小说共同体已经得到了扩展和改变。例如，以"已经十点半了"开头的那个句子，既是老妇人所说的话，也是作者必须不间断地告诉我们的；当她的话语渐渐消失时——"不管你年纪多大，都要碰上这个"，接着是"大门砰地一响"：我们便身处于同一个世界、同样的语言之中。

　　任何有天赋的作家都能做到这一点，这么说很容易。实际

---

① 《菊花的幽香》，主万译，同心出版社 2005 年版，第 12 页。

上，自从劳伦斯做出这种改变——将小说家描述和分析的语言从抽象正式转变为口语化和非正式的——许多作家都效仿了他；我们甚至已经对此习以为常。当然，真正的变化根本不是技术上的。他之所以这样写，是因为他与他的人物息息相通，他不单是对他们有感情或者了解他们，而是与他们共处于一种特别的语言之流内部——他曾经称之为同情，但这种感情没那么正式；他只是简单地书写他生活过的地方，矛盾的是（当我们目睹这段生活历史的艰辛时）他的艺术性反而更加令人印象深刻，其成就似乎完全是天赐的。

我正是在这种意义上，这种特殊意义上阅读《儿子与情人》的。当然，在这种语言流动中，在这个至关重要的共同体中，我们一次又一次体验的，确实不仅是亲密和同情，还有冲突、损失、沮丧和绝望。任何有智慧者关于共同体现实的体验都并不只是积极的。相反，就像在这个具体的例子中，共同体中的人受到贫困、体力劳动中断、过度拥挤以及随之而来的所有怨恨、困惑和误解的压迫。当然，人们也在恋爱和婚姻中，或者作为父母和孩子，通过任何关系和成长都要经历的所有常见的困难，直接联系在一起。

劳伦斯这部早期小说可以被后期作品吸收同化，是因为它主要表达了一个普遍的主题：母子之间的紧密关系以及随之而来的与他人保持亲密关系的困难。那是某种可以被抽象甚至理论化的东西，在任何情况下都会发生在各种各样的家庭和共同体中。简单地说，这种同化是相当好的，但它掩盖了劳伦斯后期小说中一个非常关键的问题：这样一种最基本的关系——我指的当然是我们通过小说对这种关系的理解，我们以小说家本人的方式看待并重视它——如果脱离了更广泛的、持续不断的生活，会受到多大程度的影响。至于被有意识地抽象出来，或按理论上那种形式存在，就更不用说了。

无论如何，作为阅读的一个问题，我认为我们不能只把这一种经验抬出来讨论。它就发生在那个家庭、那种普遍的生活中，劳伦斯就是这样描写它的，我们也必须这样回应它。这不仅仅是说，除了这种最基本的关系，我们还得到了人们所说的一个矿工家庭、一个矿区共同体的肖像。那不是额外的收获，而是经验的一部分。母亲对儿子的奉献，她真正奉献的一部分——当然，不仅仅是作为一个女人，甚至不仅仅是作为一个母亲的奉献——对那种生活来说是非常具体的。它不仅仅是一种爱的奉献，一种性或性的延迟的奉献；它就是整体的成长方式——故意让儿子与身穿矿工服沉湎酒精的父亲形成对比；然后是把儿子当作替代物，当作她自己那种荒废感甚至堕落感的有意识的替代物；设想美好生活会是什么样，生活会发生怎样的变化——正如克莱姆的母亲在《还乡》中所做的那样。这是母与子之间，一位母亲和她的儿子之间身体上的基本关系，它体现在很多方面：在母亲和米利安、矿工和整洁的年轻办事员、波顿和哈格斯农场之间的对比中。也就是说，作为一种整体和持续体验的经历，这种经历中那些很容易被区分为个人和社会的东西，实际上，在一生中，被认为是一个统一的复杂过程。劳伦斯对这一点的描写是如此的紧密和连贯，至今仍无人能及；他是在用自己的经验书写；写母亲也写儿子；他们的生活远不止是一幅肖像，一种环境或一个背景。这就是为什么我仍然认为《儿子与情人》是一部非常伟大的小说，我要强调它确实是一个成就；它不是成功前的准备工作，而是了不起的成就本身。

那么困难是从哪里开始的呢？在我看来，在《儿子与情人》中，困难始于保罗与克拉拉的关系。我们不难注意到，这种变化——写作上的变化——就在那时开始了。在我看来，小说对克拉拉的刻画具有某种功能性——她只是在另一个人的成长中发挥作用的角色，而不是本身独立的个人——这是一个远离所有早期人物的世界。经过反思，我们会弄明白这种情况为什么始终都有可能发生。在青春期和成长的某些关键时刻，人确实会成为另一个人发展的某种应变量（可以被视为应变量）。这种功能不会持久，在任何现实生活中都不可能持久。就其作为一种功能的性质而言，它是一种释放的手段，但往往仅此而已；它并不是关系本身。然而，这些困难表明了劳伦斯必须面对的一种新的东西：不是生活的流动，个人与社会同时的流动，而是在真正的压力下

（成人的压力）的成长与变化；决定性的新关系；一个自我定义的矿区劳动世界。一种不同的观察方式，一种不同的写作方式。

如果我们记得早期的书写，记得它是如此细腻地表现出了什么样的生活，什么样的关系，就可以继续解释那些新的生活方式。劳伦斯的危机——不难看出——是一种分离的危机[①]。但是，我们马上就不得不说，分离不是有意的，它来自早期的生活。然而，正如乔治·艾略特和哈代所发现的那样，书写分离对小说形式提出了前所未有的新难题。

这种分离很难表达，当然是因为我们在很大程度上已经被劳伦斯经历和正在书写的整个过程所塑造了。我们通常以静态的方式来思考它。分离—个人化。共同体—集体性。所有的情感，所有的困难都潜藏在那些尴尬的翻译中（当然，翻译可以从任何一种语言，任何一种情感开始）。但是，我所说的对形式的影响是指，当一个作家能够想当然地构建某种实际的共同体，或者能够学会构建某种实际的共同体（它在社会细节上可能有很大的不同）时，那么他的人物就在那里，就是既定的、已知的；作为他们自己，以某种不可简化的方式在那里（这似乎自相矛盾？）了。他们不是被选中的人，不是在单一生活轨迹中或围绕一个想法或主题形成的人；而是像邻居、朋友、与我们共同工作的人一样存

---

① 分离，原文为 separation，这里指小说中人物在成长过程中与原有共同体的分离。

在的活生生的人。一个家庭里的所有成员，为我们提供了最简单的例子。

现在的问题不只是这些人能被认识到什么程度，问题要比这更重要。简单地说，在他们作为人物或者别的东西出现之前，他们的存在就相当鲜明，正如我所说，不可简化。实际上，这是劳伦斯最深刻的重点之一，我们需要了解（感觉和认可不是他的用词），我们需要在别人成为我们生活中的功能、影响、社会的或个人的角色之前，就以这种不可简化的特质来认识他们。顺便说一下，我并不是说这些人是"前社会的"自我。我的意思是他们就在那里，尽管与我们观察到的存在有联系，却大相径庭。当这个共同体成立时，其他人的现实（我们必须冒险甚至坚持说）在这个意义上就是既定的、已知的。小说本身就是从这个层面上开始创作的：当然并不总是真实的人（尽管劳伦斯经常从真实的人开始），但人物是以这种方式构思出来的，作为他们自己，不可简化地存在着。这是高度个人主义的文学的悖论之一，后期模式不是这样的；其他模式也不是这样的。在这种后期模式中，他为自我保留了一种相当激进的、能够识别的、不可简化的存在。

在我看来，这种表达方式是《虹》和《恋爱中的女人》唯一重要的问题。事实上，《虹》的非凡之处在于，它正是在以这种形式努力实现这一过程，但显然在压力之下，走向了一个一厢情

愿的结论。我们经常引用劳伦斯 1914 年写给爱德华·加内特的
信中的这句话：

> 你千万不要在我的小说里寻找人物原来那个稳定的
> 自我。

我们认为这符合"心理"小说的观点，而与"社会"小说完
全不同。事实并非如此。对比我刚才所说的关于人物不可简化的
现实——共同体的意识，共同体的经历——和劳伦斯在那封信前
面、在那个关键的年份所说的话：

> 我不太关心这个女人的感受——从这个词的一般用法来
> 说。这样就假设了一个自我去感受。我只关心那个女人是什
> 么样的人。

当然，重要的是他进一步将其定义为"把她**是什么样的人**
作为一种现象"。前期的感觉和既定的现实仍在，足以实现强调，
但问题也已经出现，不得不用"非人类的、生理的、物质的"这
些相当陌生的术语来定义。他努力定义的是一个过程，在这个过
程中

存在着另一个自我，根据这个自我的行为，个体是无法
辨认的。

他的小说将以"另一种节奏形式"来构思其人物和人物的存
在状态，而不是遵循已知的稳定的人物发展线。

那是什么形式呢？我认为在《虹》当中，是一种共同体的体
验，正如我一直试图说明的那样，还有对共同体崩溃的体验。有
关男人和女人的既定现实是前几章运用的经验和方法，后来在
压力下——改变生活方式的压力，经济、社会和物质的变化——
他必须创造或发现这样一种激进的、不可简化的现实：它不是既
定的、已知的，而是在某种关系中被创造和发现出来的（尝试
被创造和发现）。这种现实当然是物质的，但主要是作为存在和
精神之发现的物质现实。其他人则走开了，他们对这种激烈而
绝望的努力越来越不感兴趣。只是因为现实不再是既定的、已
知的了——这种损失显而易见，社会制度和工业化通过强迫人
们成为系统的一部分而摧毁了既定的现实——新的现实，它本身
是不可简化的、激进的，必须通过斗争才能抓住——那份压力和
破坏力是显而易见的。这种新现实必须要抓住，要力争，要颂
扬；应该有意识地颂扬，即便它的真实过程是作为无意识而呈
现的。

因此，这个劳伦斯（表现这种现实的劳伦斯）所用的语言

肯定不同于早期作品的语言。它不是那种与同一个地方的其他人共享的语言流动。它是自我生成的，创造并坚持它自己的节奏、自己的术语。《虹》的第十五章"狂喜的痛苦"就全面展示了这种变化：从共同体的语言（厄休拉环顾四周，用的是"普通的工具"），到思想的语言（显微镜下的关键转变，看到"不可估量的物理和化学活动"），再到现在所接受的情感语言，只是传统的浪漫语言（"她爱他，爱他的身体，不管他的决定是什么"）的些许进展，最终到"大海的苦咸的热情，它对大地的冷漠，它的摇摆不定的活动，它的能量，它的攻击，以及它的充满咸味的火焰"。①

在《虹》当中，这个过程自始至终都很活跃。作者一直在检验和探索现实的边界。《恋爱中的女人》的重要性在于，它提供了一种结论。这部小说从一开始就是在另一种意义上构思的。它当然非同凡响，人们还在不断地回想起它。但有必要强调的是，这部小说不是劳伦斯创作的高潮。它是他在困难时期的特别产物。我本人并不认为这么说表示对作品的认可。我们不能满足于看到（看到并介绍）它表达了什么；我们还需要审视它是什么，它的形式是什么，它构思了怎样真实的现实。

可以说，为了强调一个单一的重点，《恋爱中的女人》是对

① 《虹》，黄雨石译，上海译文出版社 2006 年版，第 472 页。

《虹》这部小说彻底的简单化。在《虹》当中，对疏离的人际关系的关注，将他人和日常生活视为无关紧要而抛在脑后，只是一段历史的高潮。这里采用的是一种既整体又独立的形式：当然是水晶簇状的，自有其魅力与结构的强度；但实际上它不仅是从一个普通的虚构世界沉淀析出的，也是从他之前一直书写的经验共同体中沉淀析出的。我不想否认，我更愿意强调劳伦斯之后在激进的经验中能够发现的东西：就在存在的根源上。但是，在他力量达到顶峰的这个时候，他正被同时拉向两个方向：走向一种真正的消解，但又通过它走向一种固化的抽象形式。有效的共同体已经消失了。这不仅是表现一个孤立者的小说，也是表现一个本质上随机而又短暂的群体的小说。但不是用个人经验代替社会经验。相反，个人经验缩小到了仅仅一代人身上：父母、过去、已知的地方，都被认为无关紧要而抛在身后；孩子们，未来，任何一种该他们承担的责任都是不可想象的。在不相关的过去和不可想象的未来之间（"神秘可以与人类无关"），所谓的个人生活在各个方面都是"不够充分的"。超越这样的关系，现在就是渴望"单身""纯粹的个体存在""纯粹的双极化，每个人都不受另一个人的污染"，或者是"完美的两极化性别模式"，[①] 而后者正因其极度孤立、贫乏，限制了任何可能的满足。当孤立的关系是为了

---

① 参见《恋爱中的女人》，黑马译，译林出版社 2016 年版，第 219—220 页。

超越、为了与"非人的神秘物"直接相关联而进行的争斗时，它们要么表现为公开的破坏性（古德伦、杰拉尔德、洛克）——"神秘的知识存在于崩溃与死亡中"；冰天雪地中"冰冷的毁灭和虚无的神话"——要么在"如此人性"的世界边缘表现为顺从、谨慎、失望（伯金、厄休拉）①。

劳伦斯倾尽全力去面对这种正以其自身方式走向终结的经历。但通过他的探索，这种新的抽象形式变得更加牢固。在创作《虹》时，他想摆脱"所有人物都融入其中的道德方案"，他以天才的洞察力认识到，这将是小说形式上的一个根本改变，在构思现实的决定性层面上发生改变。《恋爱中的女人》比他早期的任何小说都更清楚地体现了"所有人物都能融入其中的道德方案"，这一点非常重要。这当然是他自己的方案（尽管与世纪之交的社会危机和个人危机有直接关系）。就他只是反对一种古老的道德而言（就像他与《安娜·卡列尼娜》中的托尔斯泰长期而非常个人化的斗争中所做的那样，这种反对是《恋爱中的女人》的基础，在《查泰莱夫人的情人》中则表现得直截了当，甚至庄重正式），他当然是成功的。但是在表现人的孤立时——他把人物从现实社会中抽离出来，用人物对那些被抛在后面的东西的反应来代替直接的关系；将个人情感体验缩减到区区一代人身上，这样

① 这一段可以与《现代悲剧》中相关论述结合阅读，可以加深理解。参见《现代悲剧》，丁尔苏译，译林出版社 2007 年版，第 132—135 页。

情感就不会引发行动，带来结果 [①]，而是必须构建自己表面活跃的世界；通过放弃地方性，让物质世界和社会世界成为一种景观，作为不同存在状态的投射的景观——在这些对孤立个人的表现中，他创造了一种全新的小说。它是一种具有独创性和深远影响力的作品类型，但它提出的方案与他以拒绝为起点的任何方案一样僵硬。在这些可怕的压力下，现实的构思即来自这个方案：也就是说，组织方式已经固定。在某些看法上、特定的场景中，《恋爱中的女人》是一种独特的探索、创造，但它的组织却越来越孤立和确定。毫不奇怪，在这之后的近十年里，劳伦斯最好的作品都出现在故事、短篇小说这些能够保持探索的领域，这一时期的长篇小说——《羽蛇》是最明显的例子——尽管充满了活力，却十分抽象：这是他仍然可以想象的唯一一种宽泛的创作形式。

当然可以说，《恋爱中的女人》是在此之前的最后一个阶段，最后一部成功的长篇作品。这么说在很多方面都是正确的。小说在许多细节上都表现了激进的生活。但是，它属于分裂之前的时期（对存在的直接反应和对抽象方案的需要被拉开之前）——最好的证据是，在一些关键点上，特别是在结尾，它是不确定的。事实上，最后一段的不确定性是小说最可取的标志。他所书写

---

① 威廉斯在这里指的是《恋爱中的女人》里伯金、厄休拉这对恋人，与父母疏远，不要孩子，只是一个单一的世代，不再拥有共同体生活。"结果"即指孩子。

的，比20世纪任何一位英国小说家都更有力，是一种失落的体验：失落了他自己在写作中发现的东西——对共同体的体验，对他自己和其他人不可简化的现实的体验。《恋爱中的女人》是一部关于失落的杰作，它本身就表现了这种失落。对于它应该如何结束，它能够如何结束，他表现出了意味深长的犹豫。他后来把一个可能的结局写成了戏剧《一触即发》，想象了这种回归：将这种体验带回到破碎、挣扎的共同体（这种体验真正的根源所在）当中。这种想象的回归并不成功，但这份冲动至关重要。它是此剧与《查泰莱夫人的情人》的关键联系，在小说中，草稿里备选的结局又显得十分重要：梅勒斯的社会身份是典型的困难：对于那种彻底的重生、两人的接触、经历、其他人的现实来说，什么样的生活环境、工作环境是有可能的？

在创作《查泰莱夫人的情人》时，劳伦斯写了一篇关于高尔斯华绥的文章，其中有一段话经常被引用，但只有部分意义得到了强调。

当人的主观意识和客观意识分裂得太厉害时，最终他的内在就会有某种东西分裂，他就变成了一个社会存在物。当他变得过于在意客观现实，过于在意自己在客观现实世界中的孤立时，他身份的核心就分裂了，他的核心也就崩溃了，他的天真或单纯消失了，他就变成了一个主-客观的现实，一个被铰链连成一体的分裂之物，却不是严格意义上的个人。

"过于在意客观现实"：这句话曾被反复用来定义一种虚构的唯物主义——实际上指的就是高尔斯华绥的世界。但还有其他意味："在面对客观现实的宇宙时，他过于意识到自己的孤立。"这就与高尔斯华绥无关了，而是与劳伦斯本人有关。在《恋爱中的女人》中，他写到了这种状态。他所谓的"与生命宇宙浑然一体的天真"已经消失了，被教育和阶级分野、战争和奋斗、贫穷和权力导致的残疾、没完没了地谈论抽象的定义、赞成与反对，弄得支离破碎。小说不得不拼命地反击，不得不抽象而呆板地下定义，不得不仪式性地和催眠般地祈求。"一个被铰链连成一体的分裂之物"，这么说并不友好或者说听起来并不友好。因为这是一位天才作家的洞察力所及最远之处；是一种需要去面对、去经历，但永远、永远都不会认可的状况。

他在《恋爱中的女人》中根本没有完成的，在小说结尾但并非结局的孤立的危机中无法完成的，在《查泰莱夫人的情人》这部小说中又再次提起。他依然是犹犹豫豫地，把问题带回到人物失去身份的地方。他不是冷漠而又无奈地盯着这些人物的失落，而是致力于探索他所说的激情如何在一个丑陋、分裂且无根的社会中保持活力。这远远超出了对"骄傲的单身"的赞美或对"如此纯粹的人类"的失望。它是激情、触摸、认可、发现；最后，是在其他人和另一个人身上再次寻找不可简化的、实质性的、与生活有关的东西。它在努力探索如何在现实社会中活下去；在一个压抑的世界里，不仅要让激情活下去，还要让孩子活下去，让一个重建的家庭活下去。其困难是显而易见的：往往难在对物质现实（认可必须通过这些现实来实现）的强制性的命名上；这是一种充满挑衅意味的命名，之所以必须去命名，是因为威胁近在咫尺，激情本身已几近熄灭。

这种命名没有简单的判断。它可以是一种治愈性的命名，一种爱的命名；也可以是一种强迫性的、焦虑的、试图唤回那种激情的重复。但很重要的一点是，在他的最后一部长篇小说中，他回归了，回到家，回到普通的字眼，普通的英国人话语；回到情感仍在的地方，回到生活仍在的地方。我的意思是，如果我们必须在普通的命名（那些名字我们都知道，就在我们之间共享）和私人的修辞（更具批判性的小说所创造的抽象的象征语言）之间做出选择，如果我们必须在这两者之间做出选择，我不知道事情会如何发展，但我知道对我来说会怎样：选择言语所在的地方，共同体所在的地方；特别是这个被压制的共同体所在的地方；选择我们从别人那里学会又对自己说起、经历过成长的困难后又犹豫地再次对别人说起的话语①，关于一种经验、一种不可

---

① 这种话语指的是普通英国人的话语，而不是劳伦斯在《恋爱中的女人》中所使用的那种抽象、反叛的话语。

简化的现实的话语。一个贫困的共同体，尚未圆满的共同体，不得不郑重其事而急切地拒绝、压制这种话语。

《查泰莱夫人的情人》没有早期小说的那种规模和内涵。在它的单一而有力的维度上，它仍然是与那种似乎可能的形式分离的，仍然是从这种形式中简化而来的。但这是一种积极的流动，是能量的恢复，是超越僵化的提升，因此非常感人。他直到最后仍然在努力寻找，作为一名小说家努力寻找，这一点深深地鼓舞着我们。这是我们在困难之中并通过困难（共同的困难）记住且坚持的东西，他的小说的发展，他未能完成的发展，非常清楚地向我们展示了这些困难。

结　语

　　现在距离劳伦斯的最后一部长篇小说出版，已经过去大约四十年了。从那时往前四十年是哈代创作的中期，再回溯四十年就到了狄更斯和 1847 年、1848 年的那几个月。在文学和历史中，时间感往往很奇怪。如果说我能感觉到这部作品和我一直追踪的经验有直接的连续性，我并不是说劳伦斯之后什么都没有发生，也不是说英国小说就在这里结束了。当然，阅读一个人关于自己成年生活的作品总是不一样的，人们对历史有一种常见的错觉，认为过去不仅比当下成就更多，还比当下清晰许多。碰巧的是，我不认为近来某种文化衰退在小说中比在其他活动中更甚。我们很容易对当下的持续多样性感到困惑，而且总是存在着对短期困难进行长期调整的诱惑。在我看来，大多数关于小说衰落的讨论似乎正是如此。

　　但是，你们要记住，我遵循的是一种特殊的方向，我并没有断言在之前那几十年里，大家看到的几千部小说是在描绘整个世界。我试图描述的作品和经验不仅是在一种非常简单的意义上选择出来的——除了目录，任何东西都必须经过筛选——坦率地讲，也是在一种更复杂的意义上选择的：我们现在可以循着这一特殊的方向，寻找它与时代的联系，继续讨论下去。不管怎样，这就是我对传统的理解。它不是某种传递给我们、往下传递的东西。那些有一定分量被传下来的东西是一种已确立的社会秩序，在每一代有创造力的人中，首要的工作之一就是摆脱与这一秩序的联系，接下来，当然是找到其他的联系。任何重要的传统都是有选择性的，不仅是在通常的大规模分类上具有选择性，而且是在精确地获取意义这个层面上具有选择性，这种意义不仅是指已经实现的意义，认真说来，还包括那些困难——我们感觉到的，并且发现自己很需要的困难。

正是在这个意义上我说，我感到自己强调的这些作品和经验有直接的连续性。我认为共同体的问题，特别是小说中可知共同体的问题，仍然与现实紧密相关，而且仍然很难处理，无论我们会在其他方向上做什么，我们必定还会被驱使着，以创造性的方式回应这个领域可能发生的一切。也就是说，我不认为这些问题是过去很久的事。事实上，当我回顾 1928 年的《查泰莱夫人的情人》和仅仅两年前的大罢工时，我知道它们之间有着最紧迫的联系。每一代中年人都通过其官方发言人宣布，与他们年轻时相比，世界已经发生了变化。每一代年轻人——在这里更有意义，因为现实生活中没有先例——都会宣告一个新的开始。

但是，随着我们实际生活的形成——我指的是真实经验，而不是那些应该发生的事情——某些创造性的联系，某些重要的影响开始从现在流向过去。在官方历史中，自从帝国结束或1914年战争以来，一切都变了：这是现在普遍流行的现代史版本。但我们对自己时代的发现，就像巴尔扎克、狄更斯或乔治·艾略特对时代的发现那样，不是通过时代的普遍性，而是通过那些具体细节、那些生活、那些经历，在这些经历中，我们自己最重大的困难，最重要的情感结构，似乎开始初见端倪。当然，绝不是作为范例出现的。对连续性的清晰意识使得任何范例的概念都无关紧要。这是一部鲜活的历史，而不是一连串的范例。但在我们思考历史之前，我们已经专心致志地走到了经验指引我们去往的地方。以我自己为例，我从这种特殊的态度出发，去探讨可知共同体的问题。这个问题不仅仅是共同体这个孤立的词，正如我所说，它还包括关系的基本问题，在非常具体、积极而持续的压力下，了解我们自己和他人的问题。

我以这种态度在小说中发现的一切，我已经尽力说出，尽管并不完整，但我希望我的表达是确定无疑的，我的观点在很多方面都属于边缘。现在我可以继续循着这一方向讲讲劳伦斯之后的作家了，在我感兴趣的作品中很多都是这样，在其他文学作品中，这些联系当然也会以不同的方式出现。我可以沿着劳伦斯这一条线索读到格拉斯克·吉本（Grassic Gibbon）的《苏格兰之书》①三部曲，我读得很晚，但我确信它很重要；或者从早期的劳伦斯，英国的劳伦斯，到艾伦·西利托（Alan Sillitoe）和大卫·斯托里（David Storey）②，还有那些边缘作家——他们的创作面更狭窄、水平更参差不齐，我当然能感觉到。在康拉德之后，但我恐怕更多的是在吉卜林之后，有一种非常活跃的文学，在我们亲身经历的帝国主义时期，出现了海外文学：乔伊斯·卡里（Joyce Cary）的非洲小说，早期的奥威尔，以及晚期殖民战争中的格雷厄姆·格林。威尔斯在写作上所达到的顶峰，奥威尔也在20世纪30年代的小说中紧随其后，当然，乌托邦文学在赫胥黎、奥威尔和戈尔丁作品中走向了它的消极面，我认为它的时代消极面现在正在消退。艾薇·康普顿-伯内特③小说里仍然有一所乡村别墅，与"一战"前没什么变化，是那种非常讲究的房子，还有几个出人意料的新房客，在这个世界步步高升，他们的名字我听说过，但刚听说就已经忘了。至于独自一人在城市里的孤独，现在有那么多人独自生活在城市，就连笔者也包括在内，

---

① 苏格兰作家刘易斯·格拉斯克·吉本的三部曲，包括《日落之歌》（1932）、《云屋》（1933）和《灰色花岗岩》（1934）。

② 艾伦·西利托是英国工人作家，"愤怒的青年"代表，短篇小说《孤独的长跑者》最负盛名；大卫·斯托里的代表作《萨维尔》讲述主人公试图逃离自己出生的采矿工人社区的故事。

③ 艾薇·康普顿-伯内特（Ivy Compton-Burnett, 1884—1969），英国小说家，作品主题集中在维多利亚时代晚期的上层阶级。《男仆与女仆》（1947）通常被认为是她最好的作品。

我一直希望他们有一天能偶然碰到，彼此相识；甚至开始了解社会状况。但通常被公认的是，甚至连笔者也不得不承认，这是一种所谓的人类状况——这是不与人相识再好不过的借口。尽管这种状况在延续，在如今充满预示意味的单一声音中，一个八百万人口的城市人人各行其道，即便如此，这种状况也开始被人们注意到了。

至于个人辩护式小说①，近来改变了其性别立场，或者说看上去是这样：使用一种使人信服的第一人称暗讽，这种立场虽被称为愤怒，却一直变换着语气，寻找着它的舒适位置（但这个位置总是可以预见的）。但可知共同体的问题，在最困难、最难以吸收、最难以命名的作品中，仍然以那么多不一样的方式超越所有这一切。乔伊斯·卡里和安格斯·威尔逊（Angus Wilson），都是非常坚定、不断尝试的作家。这里尝试的意义是关键所在。这种探索，不可能通过一个单一的、认同的、解释的声音来完成。在如此深刻和困难的多元个人化的现实中，观察的模式本身似乎会变成阴影，而呈现的语法，当下现实呈现的语法，是非常难以学习的。

我看到了两个关键的问题：其一是分析的难题，这个难题现在必然是社会性的，在长期的相互妥协中（因为达成共识并没

_____

① 指夏洛蒂·勃朗特式的小说。

有经过分析）已经变得异常困难；还有一个难题，是在这个扩张的、仍然快速流动的社会中，我们大多数人的生活仍然在极大程度上被忽视，或者充其量只是被短暂关注。当我说包括小说形式在内的问题最终主要是关系的问题时，我指的是一个小说仍然难以涉及的领域，对于有教养社会与基于习俗的社会之间冲突的持续的、更普遍的经验。这种冲突不只是表面上的，而是植根于语言的深处，感情的深处，形式的深处——这一点现在十分清楚。

> 弗吉尼亚·伍尔夫嘲讽地说："你开始就说，她的父亲在海洛盖特经营一个店铺。调查一下它的租金是多少。调查一下一八七八年店员的工资。你得弄清楚她的母亲死于什么疾病。描述一下癌症。描述一下她穿的印花布。描述一下……"

我还清楚地记得，当年在剑桥大声读出这段话的时候找到了认同，连带着也激发了那种相当熟悉的确定性，即我们有更好的事情要做。现在我不这么想了。也许是我没有遇到对的人吧。但是"描述癌症，描述印花布"，其中至少有一种我们还得描述，我们还可以通过其他方式了解店员的工资，而不是用那种略带滑稽的调查分析。当然，我们知道伍尔夫会提供些什么。

看看一个普通的心灵在一个普通日子里的经验。心灵接受无数的印象——琐碎的、奇妙的、易逝的或是刻骨铭心的。它们来自各个方面，像无数原子不断地洒落；当它们降落下来，形成星期一或星期二的生活时，重点与过去有所不同……①

我们已经有了这样的小说：不是一系列对称的车灯（我们当然可以没有它们），而是"一圈光晕"，"一个半透明的罩子"，当然，这取决于谁戴着它、谁罩上了它，以"没有情节，没有喜剧，没有悲剧，没有爱情趣味或重大灾难的被接受的风格"来表现它。选择那种"被普遍接受的风格"是明智的，但有人却把这种方法翻译（很切题的翻译）为"没有人的气息"。我们不得不说，"平常日子里的普通心灵"无论如何都是社会性的，它必然将我们与他人联系起来，而意识，真正的意识，不是那样被动出现的，我们不是接受印象，而是在真实的关系中（包括与父母和商店的关系）学习、创造而得来的。

但另一方面，要看看这种冲动为什么会出现，为什么它仍然以不同的模式甚至是某种新的潮流强势出现。在许多人看来，生活中有越来越多的东西现在是被整合、被加工的，永远是被告

---

① 弗吉尼亚·吴尔夫：《普通读者》，马爱新译，人民文学出版社 2013 年版，第 166 页。

知、传达给我们的。用一种消极的定义来维持小说这种文体似乎是一种合理的策略：小说里有其他媒介没有的东西，或者更普遍地说，是公众世界不愿意报道的东西，了解得不够充分的东西。我们中很少有人像现在大多数人所读到的官方的和日常的历史叙述那样生活。我的意思是对这种叙述有一些意识。正如我之前所说的那样，这些常见的说法正在等待我们：**那种**生活是公共的、社会的、针对社会问题的；而**这种**真正重要的生活是个人的、隐秘的——那半透明的罩子，与醒目的报纸标题截然相反。

当然，自从这种脱节出现之后，正是许多由此产生并得到加强的紧张体验，滋养和延续着小说。我不会反对这些小说，我怀着敬意读了很多。我还想说的是，这种脱节本身——这两个世界似乎是分开的，但在常规经验中它们当然是相互作用的，而且不仅仅是相互作用，还有结合、融合——需要我们给予直接而非常认真的注意。那种对最普通者置之不理的冲动是后天学会的，甚至是经过训练培养出来的。另一种方式就是把最普通者留在小说里：将小说当作社会学，甚至是社会批评来写。不应该由我来反对这些后期的表现模式。它们有它们的实际用途，在过去的三十年里，在想象性作品和那些其他类型的描述之间，已经出现了一种有趣的，也许是富有成效的形式上的混淆。一些重要作家从一种形式转向了另一种形式，奥威尔只是第一个例子。然而，从经验出发审视小说，会发现下面的判断仍然正确：某种感情、某种关系、某种融合以及与之相关的某种错位，只能在小说中构思，确实对小说提出了非常多样的要求，就在这个从狄更斯到劳伦斯的艰难的边缘之国，小说存在着，而且存在得有其意义。

当然，从 19 世纪 40 年代之后的那一代作家开始，有件事已经改变。小说不再是无可争议的文学主导形式。在一些重要领域，戏剧已经携巨大能量强势回归，而且我们必须记住，它有许多内在的力量来呈现一种多元个人化的现实。电影的兴起与之前小说的兴起非常相似：都是一种拥有具有巨大创造力的主导流行模式，尽管两者的创作困难也非常相似（现在尤其相似）——在处理关系和意识上存在着困难。我希望你们也已经注意到了，系列小说和电视连续剧之间有明显的相似之处，但有时让我感到惊讶的是，这类作品的表现仍然经常达不到其应有的可能性（有很多证据），我的意思是没达到应有的联系可能性，创造可能性，而只是简单的复制。所有这些变化都在影响小说，影响小说的可能性和地位，尽管如此，要理解艺术，就要知道两者在市场意义上没有竞争。经验发现、创造着它的形式；对我们中的许多人来说，我很高兴，这种形式仍然是小说；小说还在这个国家里，在我们一直持续追踪的这个社会里。

从狄更斯到劳伦斯，这是一段给予我们勇气的历史；它给予我们的不是先例，而是意义，相互联系的意义。个人历史的一部分，作为一段重要的历史，没有以其他方式被记录下来，如果这些小说没有被写出来，毫无疑问，这段历史将是不充分的。当我们读过这些小说之后，我们所得知的思想史和社会史是不一样的，看上去很不一样。这种有问题的感觉，出现在共同体和身份认同中，可知的关系中，比我们被记录的经验中任何其他地方都更深刻，更早。

我从来没有说过，也从来不想说，是这个社会——这个空前混乱的流动社会——造就了这些小说。事情不是那么发生的。社会，所谓的社会，是一种综合的解释，当然，任何综合的解释都可以用上层建筑来命名。但社会是鲜活的，小说，这些小说，就存在于社会经验的神经、血液和鲜活的肌理中。在任何一个活生生的社会里，这种奇迹都在上演（在一种堕落的哲学、堕落的美学看来，这似乎只是一种奇迹）：一个独一无二的生命，在某个地方、某个时代，言说着自己的独一无二，同时却又言说着一种共同的经验；这独一无二的生命在一部作品里用一种共同的语言言说，这种语言在言说中成就了自己但依然是共同的，仍然与他人联系在一起。

当然，确实有许多普通的社会经验被直接反映和表现为意识形态，可以称之为一种上层建筑。但在任何像我们这样的社会里，尤其是在过去一百五十年的这个社会里，有一个非常关键的社会经验领域——**社会**的经验——没有被纳入其中：它被忽略，被无视，有时甚至被压抑；即便当它被接受、被加工或作为一种官方的意识发挥作用时，它仍是抗拒的，活泼的，仍然走自己的路，最终会踩在自己的影子上一踩，我的意思是，通过这种方式，我们可以看清哪个是影子，哪个是实体。

我认为，所有的艺术都是从这个充满活力的领域中产生的，从这种人们生活和经历但尚未完全形成制度和观念的情感结构中产生的，从这种共同的、不可分割的生活中产生的。尤其是这些小说，这些与生活相关的小说，它们一路走来，传承到今天，只是因为所有那些生活，那些未被承认的生活，现在被如此感人地塑造和讲述的生活，是我们自己直接的、特有的、仍然具有挑战性的遗产。

图书在版编目(CIP)数据

从狄更斯到劳伦斯的英国小说/(英)雷蒙德·威廉
斯(Raymond Williams)著;温华译. —上海:上海
人民出版社,2024
书名原文:The English Novel from Dickens to
Lawrence
ISBN 978 - 7 - 208 - 18692 - 7

Ⅰ. ①从… Ⅱ. ①雷… ②温… Ⅲ. ①小说研究-英
国-近现代 Ⅳ. ①I561.074

中国国家版本馆 CIP 数据核字(2023)第 250169 号

责任编辑 吴书勇
装帧设计 李婷婷

从狄更斯到劳伦斯的英国小说

[英]雷蒙德·威廉斯 著

温华 译

出	版	上海人民出版社
		(201101 上海市闵行区号景路 159 弄 C 座)
发	行	上海人民出版社发行中心
印	刷	上海盛通时代印刷有限公司
开	本	890×1240 1/32
印	张	8.25
插	页	5
字	数	151,000
版	次	2024 年 2 月第 1 版
印	次	2024 年 2 月第 1 次印刷

ISBN 978 - 7 - 208 - 18692 - 7/I·2129

定	价	80.00 元